将軍皇子の溺愛華嫁

紅の褥に牡丹は乱れる

麻生ミカリ

Illustration
アオイ冬子

将軍皇子の溺愛華嫁 紅の褥に牡丹は乱れる

contents

イラスト／アオイ冬子

将軍皇子の溺愛華嫁

紅の褥に牡丹は乱れる

第一章　小薇宮《しょうびぐう》の呪われ公主《こうしゅ》

雄牛の顔を正面から見たような形の扶清《ふせい》大陸のその西側、南北西の三方を山に囲まれた歴史ある真国《じん》で、蓉麗媛《ようれいえん》は生まれた。

真の宮廷は国の中心部にある。ひときわ小高い丘陵地に聳《そび》える南の柘榴《ざくろ》門は鮮やかな朱色に輝き、国土を見下ろす佇《たたず》まいだ。

柘榴門を筆頭に、北の黒曜《こくよう》門、東の翠玉《すいぎょく》門、西の真珠《しんじゅ》門と、玉石にちなんだ名とそれぞれの色を纏《まと》う門には、常時四名から八名の門番が左右に鹿爪《しかつめ》らしい顔をして立っている。

四つの大門の中心に、黄龍城《こうりゅうじょう》が東西に横長い屋根を広げているが、十七歳の麗媛が城内に足を踏み入れたのは生まれてこの方、わずか三回だけだった。

真皇帝の娘として生まれながら、彼女は父の顔を直接見ることが許されない。

同じ城壁の中には六人の異母兄と八人の異母姉がいるが、その誰とも自由に会うことは許されない。

それどころか、北西の小さな院子《なかにわ》のさらに裏手、周囲を緑に囲まれた離れの宮で麗媛はひとりぼっちで暮らしている。

通称を小薇宮《しょうびぐう》。

宮と呼ばれてはいても、黄龍城と同じ敷地内にあるとは思えぬほどにみすぼらしく、小造りの房間《へや》と寝間があるだけの建物である。

ほかの兄姉《きょうだい》たちの誰も、麗媛のような境遇にある者はいない。麗媛だけが、外から閂《かんぬき》をかけられた宮で暮らしているのだ。

その小薇宮唯一の出入り口である両開きの扉の向こうで、閂を外す金属の擦れる音が聞こえてきた。

鎖を引きずり、麗媛は扉に向き直る。ぎい、と低い音がして日光が室内に射《さ》し込《こ》んだ。

「失礼します。劉権《りゅうけん》太子の命で散歩のご案内に参りました」

目を合わす間もなく、髪を結い上げた侍女が胸の前に両腕を曲げて頭を下げる。

無言で彼女のそばまで歩み寄り、麗媛は襦裙《じゅくん》の裾をそっと手でつかんだ。あらわになった足元に侍女がしゃがみ、足枷《あしかせ》についた鎖を鍵ではずす。枷《かせ》そのものにもじゅうぶんな重みがあるが、鎖がなくなるとだいぶ歩きやすい。

麗媛の名を呼ばず、目を合わすことさえ避ける侍女に促され、小薇宮の外へ出る。初夏の風がふわりと鼻先をくすぐった。

日がな一日、房間にこもっていては体調を崩す――

宮廷医官が異母兄の劉権に進言してくれたおかげで、麗媛は院子を散歩することを許されていた。無論、好きなときに散歩できるわけではない。劉権が決めた日、決めた時間だけ、外に出ていられる。

この狭い院子が、麗媛にとって外界のすべてだ。

侍女は麗媛が外に出ると、小薇宮の出入り扉を閉め、黄龍城へとつながる散策路の先へ歩いて行く。

敷地内の北西にある院子は、隠された箱庭のごとく周囲を背の高い常緑樹で囲まれていた。柵があるのは出入り用の小路のみ。念入りに、そこにも外から鍵をかけられるようになっている。

人間ひとりが通れるほどの戸の前に立つと、侍女は麗媛など最初からいなかったかのように素知らぬ顔でそっぽを向いた。彼女にとって、麗媛の世話役は厄介な仕事でしかないのだろう。

――それでも、こうして外の空気を吸わせてもらえるのはありがたいわ。誰かの手を煩《わずら》わせているのは心苦しいけれど……

院子の中央には、申し訳程度の小さな池があり、花庭に牡丹《ぼたん》が植えられている。

麗媛は、池の周りを右回りに一周してから、ゆったりとした動作で大きな石のそばにしゃがんだ。そこが彼女の定位置だった。

わずかな風にも水面《みなも》を揺らす池を眺め、静かな時間を堪能する。限られた自由はあまりにもささやかで、宮廷に暮らす誰よりも束縛された生活だが、麗媛はそれすらも知らない。

腰まである黒髪に、陽光が反射する。

背に感じる陽射《ひざ》しのぬくもりに季節を感じる。

――ずっとこうしていられたらいいのに。

慣れた暮らしではあるけれど、宮に監禁される日々が幸せだとは言いがたい。それでも、自分を公主《こうしゅ》と認めてくれた父のおかげで、宮廷の片隅で暮らしていられるのだ。

贅沢《ぜいたく》な望みは持たず、誰かに迷惑をかけることなく暮らすことが麗媛の唯一の願いだった。

だが、劉権はそれを許さないだろう。十八歳になったら子を成させると幾度も異母兄は言っていた。

遠く、寺院の鐘の音が聞こえてくる。呼応するように鳥が鳴き、麗媛は無意識に空を見上げた。

「……どこへ行かれるんですか、暁《ぎょう》将軍！　勝手に歩いては……」

不意に、聞き覚えのない男性の声が麗媛の鼓膜を震わせる。そも、彼女が知る男性は異母兄のみと言って差し支えない。この宮廷で働く男や、あるいは劉権以外の異母兄の声とてほとんど知らないのだから。

「なあに、歩いていればどこかへ辿《たど》りつくさ。それに、先ほど案内の者が言っていた。すべての道は黄龍城へ通ずるのだとな。ならば足の向くまま、歩いていればいい」

男性の声を多く知らない麗媛にも、暁と呼ばれた男の声は、とても軽やかで健やかに思えた。飄逸《ひょういつ》でありながら、理知的な声音は、高すぎもせず低すぎもせず、耳に心地良い。

——初夏の風のような声だわ。

何の気なしに声のするほうに顔を向ける。

侍女の立つ柵とは反対の、大木の向こうから声は聞こえてくる。

「だからといって勝手に歩き回っては……！」

「見ろ、清穆《せいぼく》、この向こうにも何かありそうだ。さすがは大国真の宮廷、様々な仕掛けがあるものだなあ」

歌うような声のあとを、がさがさと草を踏み分ける音が追う。

まさかとは思うが、声の主はこの院子へ向かっているのではなかろうか。それに思い至って、麗媛はすうっと血の気が引くのを感じた。

自分を見れば、初対面のひとはきっと驚くに違いあるまい。それどころか不愉快に思う可能性もある。

だが、麗媛の顔に感情は表れない。常に無表情かつ無感動であるよう、己《おのれ》の心を制御して生きてきたのだ。

——侍女にはあの声が聞こえていないのかしら。

聞こえていれば、立ち入り禁止区域である北西の院子に近づく男性たちを咎《とが》めないはずがないのだが。

見れば、侍女は麗媛に背を向け、右手を口元にあててふわあと大きく欠伸《あくび》をしている。やはり、彼女は気づいていない様子だ。

麗媛は落ち着くためにひとつ深呼吸をし、顔を——特に目を隠すように幅広の袖口を額にかざした。

ほぼ時を同じくして、すぐ近くで草叢《くさむら》を抜けた足音が聞こえてくる。

「ほう、こんなところに庭か。さすがは真国、優美なものだね」

先ほどの軽やかな声の主が、あまり驚いた様子もなくそう言った。楽しげな彼は、どんなひとなのだろう。

麗媛とて十七歳の少女らしい好奇心は持ちあわせている。

だが、自分が相手を見るということは、相手も自分を見るということにほかならない。

「将軍、勘弁してくださいよ」

「いや、私は道に迷っただけだ」

「そうは思えません。まっすぐここへ歩いてきたじゃありませんか！」

さすがに侵入者の存在に気づいたのか、侍女が「何者です！」と厳しい声で咎める。

「ここは劉権太子の許可なく立ち入ることの許されない庭、客人といえども勝手な振る舞いは許されませんよ！」

袖口の脇から、侍女の声がするほうをこっそりと目線で追っていく。すると、そこには若草色の衣を着た、年の頃は二十五、六の青年が立っていた。

——なんて鮮やかな……

麗媛は、盗み見ている自分の立場も忘れ、目を瞠《みは》る。

彼女の瞳に映った青年は、品の良い細面《ほそおもて》に涼やかな切れ長の目、劉権と並ぶほどの長身で、それは見目麗《うるわ》しい男性だった。

けれど、麗媛が目を離せなくなったのは、彼が美しかったからでもなければ、珍しい盤領袍《ばんりょうほう》に長靴姿だったからでもなく、また金糸の刺繍《ししゅう》と宝石を縫いつけた豪奢《ごうしゃ》な細帯のせいでもない。

青年は、見たこともない赤毛の持ち主だった。

太陽の光を浴びて、赤銅色の髪が煌《きら》めく。炎のようでもあり、焼けた鉄のようでもあり、けれどそのどちらとも異なる、強い生命力を感じさせる髪色。宮廷内で麗媛が出会ったことのある人間は、皆一様に黒髪である。無論麗媛自身もそうだ。

「女官どの、失礼した。こちらは紅藍国《こうらんこく》の安遠《あんえん》将軍、徐天暁《じょてんぎょう》さまであられる。本日は劉権太子のお招きに預かり……」

赤髪の青年の背後に控えていた、葡萄茶色《えびちゃいろ》の衣の男が侍女に説明を始めた。

ふたりの男性は服装から見ても真国の人間ではないらしい。しかし、赤い髪は徐天暁のみで、説明している臣下は真国の民と同じく黒髪だ。

「劉権太子のお客人とはいえ、こちらの院子へ立ち入るのはご遠慮願います」

「ええ、すぐに城へ向かいますので。城への道は……」

唐突に、赤髪の青年——天暁が、まっすぐに麗媛を見つめてきた。袖の陰から彼を目で追っていた麗媛は、慌てて顔を背ける。

——いけない。お兄さまのお客さまに、見られるわけには……！

劉権に知られれば、ひどい折檻《せっかん》をされるに違いない。麗媛とて、痛みや苦しみをより多く引き受けたいなどとは思うはずもなく、無礼と知りながら急ぎ立ち去ろうとする。

だが、それは叶《かな》わなかった。

やわらかな淡青《うすあお》の袖口を、背後から天暁がつかんだのだ。

「なぜ逃げるの？　あなたは……」

言いかけた彼の言葉が途切れる。

背を向けている麗媛には理由がわからないが、彼は何かに驚き、息を呑《の》んだようだった。

「お、お放しくださいませ。わたしは将軍さまにお目通りするような者では……」

「なんだ、この足枷は！　あなたはこの宮廷で、いったいどんな扱いを受けている⁉」

ぐいと腕を引かれ、か弱き麗媛が逆らえるはずはない。長い黒髪が揺れ、裳《も》が風をはらむ。

あっと思ったときには、目の前に天暁の心配そうな深茶色の瞳があった。彼の目を確認できるということは、自分の目も見られているということ。

すでに血の気の引いた顔色は、紙のように白くなっていた。

今さらと知りながらも、麗媛はすっと目を伏せる。自分は名ばかりの公主で、異母兄の催す宴《うたげ》に出席する身分でもない。他国の将軍に対して、同等の立場で会話をするなどもってのほかだ。

「どうぞ、わたしのことはお気になさらないでください。故《ゆえ》あってこうして暮らしております。何卒《なにとぞ》……」

言い終えるより先に、天暁が足元に片膝をついた。視線を落としていた麗媛にも、彼の姿ははっきりと見える体勢である。

「な、何を……⁉」

「失礼」

裳の裾《すそ》をめくり、足枷をはっきりと見えるようにしてから、彼は麗媛の足首を慈しむような手つきで撫《な》でた。

「……美しい足が傷んでいる。罪人でもなく、公主のあなたがなぜこんな目に遭《あ》わなくてはいけないんだ」

初対面の相手だ。少なくとも麗媛の記憶に、これほど特徴的な男性はいない。

――なぜ、わたしを公主だと知っているの？

驚きに長い睫毛《まつげ》を二度三度と瞬《しばた》いていると、天暁は優しい目をしてこちらを見上げてきた。

「驚くことはない。あなたを……ここから助け出す。覚えていてほしい。私の名は徐天暁。あなたの夫となる男だ」

さらなる驚愕に、声も出なくなる。

彼は何を言っているのだろうか。他国の将軍が、なぜ自分の境涯《きょうがい》を知っているふうな口ぶりなのか。何より、夫となるとはどういう意味なのか。

表情の乏しい麗媛が、ひたすらに天暁を凝視していると、彼は何も心配しなくていいと言いたげに微笑《ほほえ》んだ。

切れ長に見えた目は、細めると目尻が優しく下がる。高く結わえた赤茶髪、項《うなじ》のほつれ毛がふわりと風に揺れた。

――あなたは……誰なのですか……？

名を聞いたからとて、彼の人となりがわかるわけではない。まして、何故《なにゆえ》自分との結婚を匂わせるのかなど知りようもない。

だが、麗媛の心はほんのりとあたたかくなった。

初めて会う青年の優しい声、慈愛に満ちた笑み。

同年代のほかの女性ならば、おそらく人生で幾度も経験しているだろうことも、麗媛にとっては生まれて初めてだったのだ。

「暁将軍、何をしているんですか！　あの女官どの、ものすごく怒ってますよ。早く退散しましょうよ！」

まだ名残惜しそうに麗媛を見つめていた天暁を、清穆と呼ばれた部下が呼び立てる。

当たり前だが、侍女は眉尻も目尻もきりりとつり上げて怒りの表情を浮かべていた。

「ああ、清穆。悪かった。――それでは、美しい瞳の公主、またのちほど」

院子に現れたときの騒々しさとは一転し、天暁は静かに立ち去る。小さく衣擦《きぬず》れの音だけが、麗媛の耳に残された。

「それにしてもさすがは黄龍城、この私が迷うほどの広さとはねえ」

「またそんな嘯《うそぶ》いて。将軍、よそ見もせずにここへ来たじゃないですか。ほんとうはわざと道に迷ったふりをしたんでしょう」

「ほほう、そうか。清穆は私を疑うのだね？　将軍だなどと敬って呼びながら、本音は愚鈍な上官と思っていたとは……」

「滅相もない！　ほら、早く行きますよ。太子どのをお待たせして、ご不興を買っては一大事ですからね！」

来たときとは違い、彼らは侍女が立っていた柵の戸から院子を出て行く。馬の尾のように揺れる天暁の赤毛を見つめ、麗媛は狐《きつね》につままれたような気持ちだった。

代わり映えのない日常。

逃げ場のない現実。

誰も彼女と近づこうとはせず、誰も彼女と目を合わせようとしない、孤独の日々。

突如として現れた青年は、麗媛の心に奇妙な熱を残して姿を消した。

「まったく……。さすがは成り上がりの新興国の将軍よ。礼儀も何もあったものじゃない」

戸を閉ざしながら、侍女が不機嫌な声でつぶやく。

おそらく、麗媛に聞かれているとは考えもしないのだろう。それとも、監禁された公主に聞かれたところで問題などないと高を括《くく》っているのかもしれない。

──新興国、紅藍《こうらん》と言っていたわ。真とは遠いのかしら。またのちほどと仰《おっしゃ》っていたけれど、ほんとうにまたお会いできるのかしら……

触れられた足首が、まだひりひりする。

誰かのぬくもりを肌で感じるのは、いつ以来なのか、麗媛自身にもはっきりと思い出せない。

自分の身の上であることも忘れ、麗媛は天暁の言葉を何度も何度も反芻《はんすう》していた。

◇　◇　◇

「──牡丹《ぼたん》紅咲く日に迎えの馬よ」

四角い高窓には格子が嵌《は》めこまれ、わずかに覗《のぞ》く青空さえもひどく遠い。

「婆《ばあ》や泣いても振り返りゃせぬ」

麗媛は木の椅子に座って、天井近くの窓を見上げる。紅《べに》を引かずとも赤い唇は、小さな声で歌を紡《つむ》いだ。

淡青の襦裙《じゅくん》は袖口が大きく広がり、靴まで隠れる長い裾は麗媛が歌うたびかすかに揺らぐ。細く高い歌声は、誰に届くこともない。

「婆や泣いても引き返しゃせぬ……」

ふう、とため息をつき、両手を膝の上で揃《そろ》え、目線を袖口に落とす。

外へ出ることが少ないため、肌は透き通るように白く、長い睫毛が頬に薄《う》っすらと影を作る様が儚《はかな》げながら、彼女の愛らしい姿を褒める者はありはしない。

黒々とした艶髪は腰に届くほど長く、左右の耳の上で小さく結わえた三つ編みの団子には、小ぶりの髪飾りが揺れている。袖口から覗くほっそりとした指先は、誰のぬくもりも知らず、心の痛みにばかり触れてきた。

すべらかな額に細い鼻梁《びりょう》、愛らしい唇は花びらを重ねあわせたように可憐《かれん》でありながら、いつも泣き出しそうな瞳が彼女を寂しそうに見せる。

――紅《あか》い、瞳……

椅子から立ち上がると、左足首に繋《つな》がれた鎖がじゃらりと重い音を鳴らした。

麗媛のかわいらしい容姿には不自然な点がふたつある。一点目は華奢《きゃしゃ》な足首に似つかわしくない鈍色《にびいろ》の足枷。そしてもうひとつは――

「……この目が皆と同じ色なら、わたしも普通に暮らしていたのかしら」

古びた鏡の前に立ち、彼女はそっと手を伸ばす。こつん、と爪が鏡に当たり、指の先が映しだされた麗媛の瞳をなぞった。

震える睫毛に縁取られた彼女の瞳は、真国どころか扶清大陸でも稀有《けう》な真紅のそれである。

――けれど、あの方はわたしの瞳を見ても嫌な顔をしなかった。それどころか、この忌まわしい紅い瞳《あかめ》を美しいと言ってくださった。

亡き母から受け継いだ紅い瞳。ひとはその瞳を凶花《きょうか》の証《あかし》と言う。

遥《はる》か昔、古《いにしえ》の時代の話である。扶清大陸の西の端に、小さな村があった。その村の祠《ほこら》には大蛇が住みついており、年に一度、生贄《いけにえ》として生娘《きむすめ》を差し出すことが約束されていた。

小さな村は、大蛇に生贄を捧《ささ》げて水の恵みを享受していたのだという。

ある年、生贄に選ばれた十五歳の娘には、将来を誓った幼なじみの少年がいた。村人たちは娘を哀れんで泣いたが、誰ひとりとして選定をし直そうとは言い出してくれなかった。当然だ、誰だって自分の娘や妹がかわいい。生贄となった少女を哀れむのと同時に、自分の家族が選ばれなかったことに安堵《あんど》していたのだから。

儀式当日、娘は贄《にえ》の証である白い婚礼衣装を身につけ、村人たちに祠の手前で見送られた。白は葬式の色。本来ならば、婚礼にはご法度だ。

純白を纏《まと》った娘は、大きな木の陰に隠れて時をやり過ごした。大蛇が現れるのは日が落ちてからだと聞いている。娘は隙を見て、己の役目から逃げ出した。

村から離れれば追っ手も自分を見つけられまい。そう思った娘は、ひたすらに東へ向かった。

だが、逃亡生活は長く続かない。わずかな身銭も尽きて、娘は這々《ほうほう》の体《てい》で生まれ育った村へ帰りついた。

そして、娘を待っていたのは火事で燃え落ちた我が家と、両親、弟の骸《むくろ》であった。泣きに泣いた娘の瞳は、真紅に変わってしまった。それこそが大蛇の怒りを、そして呪いをその身に宿した証と言われ、人々は娘に辛《つら》く当たるようになったのだそうだ。

するとどうしたことか。水不足に喘《あえ》いでいた村には突如として泉が湧き、雨が降り、村人たちの暮らし向きは豊かになった。

そして、娘が贄となる役目を放棄した理由であった彼女の初恋の少年には辛酸が続いた。大蛇の下《もと》から逃げ出した娘が愛した者には不幸が、そして娘を誘《そし》った村人たちには幸福が訪れたのだ。

邪神であろうと神は神。大蛇は村を守り、村は年にひとりの生娘を差し出さねばいけなかった。約定を違《たが》えた村人たちに、大蛇は自らに代わって娘を罰することを求めたのだと、村人たちは口々に噂《うわさ》した。

それからというもの、真紅の瞳の娘は凶花と呼ばれるようになった。凶花は神である大蛇に背いた罰を背負い、娘の代もその孫娘の代も、そして曾孫娘《ひまごむすめ》の代にも呪われた瞳の色は遺伝したという。

その呪われし一族の娘が麗媛の母、鈴媛《りんえん》だと麗媛は聞かされた。だから、亡き母も麗媛も紅い瞳をしているのだ、と。

かつて大陸の東南へ真帝が遠征に行った際、伝説の娘を見つけて連れ帰ったと言われている。真帝は、呪われし娘の伝説を側近から聞き、美しい姿形ながらも顔を隠すようにしていた鈴媛を強引に我がものとした。時に手ひどく、時に乱暴に、皇帝は呪われた女を閨房《けいぼう》で甚振《いたぶ》ったそうだ。

占者は、凶花の娘を苦しめるほどに皇帝の世は栄華を誇るのだと告げた。事実、真国は大陸内でもっとも気候に恵まれ、この二十年余、水不足に陥ったことがない。

祖父ほども年の離れた男に拉致され、夜毎《よごと》に陵辱の限りを受けた母は、麗媛を産んで三年で帰らぬひととなった。

それでも、真帝はなんら困らない。同じ紅い瞳の娘が――麗媛がいたからである。

凶花を愛してはいけない。凶花に優しくしてはいけない。呪われた娘に愛されれば、その者は不幸になる。邪神に代わって凶花を虐《しいた》げた者には幸福と繁栄が訪れる。ただし、凶花は神への供物であるため、殺してはいけない。その血を絶やさず、虐げて生かし続けることが国を栄えさせるのだという。

その伝説どおり、麗媛は誰からも愛されることなく、誰かを愛することもなく、孤独の日々を生きていた。

母亡きあと、小薇宮に住まわされるようになり、十歳になるまでは乳母が面倒を見てくれたものだが、彼女が病に倒れてからは侍女が衣食住の世話をしてくれるのみ。誰とも話をすることなく一日は終わる。

乳母がいたころは会話もできたし、勉強も教えてもらえた。今も房間《へや》に残る書物は、彼女が持ち込んだものである。両親について、凶花の伝説について教えてくれたのも、いくつかの歌を教えてくれたのも乳母だ。

——でも、わたしが彼女を好きだったせいで、病気になってしまったんだわ。

異母兄の劉権は、十歳になったばかりの麗媛に向かって居丈高に「貴様の呪いの力が証明された」と言ってのけた。

「無駄飯食いを養うなど、いかに真国が豊かであっても願い下げよ。貴様には利用価値がある。せいぜい苦しめ、悲しめ。それが父への感謝だ」

当時の麗媛からすれば、十八歳上の劉権は唯一会うことのできる身内だったが、劉権にとって自分は妹などではないのだと思い知らされる出来事だった。

同時に、彼には感謝している。

劉権の言葉で目が覚めた。誰のことも愛してはいけない。誰のことも慈しんではいけない。自分は呪われた存在なのだと、深く心に刻み込んだ。

以来、麗媛は笑うことをやめた。もとより寂しい離宮暮らしである。孤独の淵《ふち》に佇んでいる日々は、意識しなければ笑みすら忘れてしまうものだ。だからこそ、かつて乳母は「麗媛さま、どんなときでも笑顔を忘れてはいけませんよ」と教えてくれたのだろう。

人形のように心を凍らせるためには、まず笑顔を忘れればいい。笑うことをやめた結果、悲しみや苦しみ、寂しさすらも彼女から遠ざかっていった。

今では、麗媛の世話をするためにやってくる侍女たちがひそかに『冷血公主』と呼ぶほどに、感情は殺されている。

乳母が去ってから七年。

母を蹂躙《じゅうりん》し尽くしたと言われる父帝も今は老いさらばえ、名ばかりの皇帝となった。それでも麗媛に自由は与えられない。父に代わって長兄の劉権が国を動かしている。

忙しい劉権は、十日に一度ほどの割合でこの廃《すた》れた宮にやってくるが、その日は麗媛にとって最も恐ろしい一日だ。

唯一、麗媛に話しかけてくる異母兄は、彼女を罵倒し侮蔑するばかり。麗媛を四《よ》つん這《ば》いにさせ、小さな尻を棒で打つ日もあれば、下着姿にさせて頭から冷水をかける日もあった。

「卑しい呪われ女《め》でも、打たれれば痛いか。泣け、泣いてみろ。貴様の苦しみが我が国をますます豊かにするのだからな」

地の底から響くような劉権の低い声が、今も耳から離れない。成長と共に泣かなくなり、感情を見せなくなった麗媛が、劉権はますます憎らしいようだった。

「紅い瞳の女は皆、短命と聞く。貴様も十八になったら、夫を迎えてもらわねばならん。だからといって、普通の女のように幸せな結婚生活を送れるとはゆめゆめ思うな。毎夜、卑しい身分の男に抱かせ、誰の子かわからぬ娘を産ませてやろう。自分の産んだ娘すら、愛せぬようにな」

その身に巣食う呪いよりも深く闇に沈んだ劉権の声は、新たな呪いを刻みこむ。

亡き母と同じ道を辿るどころか、それよりも悪化した未来へ異母妹を送り出す劉権は、良心の呵責《かしゃく》を感じることもないのだろう。

――わたしは、お兄さまからすれば妹ですらない。いいえ、人間ではないのでしょうね。

誰の子かわからぬ娘を産むのは恐ろしい。けれど、唯一の救いは麗媛がどうすれば子を成すことができるのかを知らない点である。

高窓の外から、小鳥の声がチチチと聞こえてきた。書物で読んだ物語のように、鳥や猫を飼ってみたいという思いはあるが、そんなことをすれば呪われたこの身で動物を愛《いと》しく思っていいものか不安になる。

諦めること。

それが、麗媛に最後に残された自由だった。抵抗するのではなく、泣きわめくのでもなく、ただすべてを諦める。そうすることで、自分を保《たも》とうとしていた。

誰かに情愛を感じないよう、麗媛には侍女の名も告げられない。それは乳母が病に倒れたのち、宮廷内で決められた。

数人の侍女が交代で麗媛の身の回りの世話をするけれど、誰の名も教えてもらうことはなく、彼女たちも麗媛の名を呼ぶことをしないのだ。

名前を呼ぶことは、相手を特別な人格として尊重する。すなわち親しみを覚えることにほかならないのだと、彼女たちの行動から麗媛も学んできた。

学習する機会は少ないが、麗媛は無知なりに自分を取り巻く環境から物事を知ろうとしている。

——だから、わたしはあの方のお名前を心で思ってもいけないわ。優しくしてくださった、知らない国の将軍さま。どうか、わたしの呪いのことを知らずにいてください。

麗媛は小薔宮でひとり、そっと目を閉じた。

◇◇◇

日暮れから半刻が過ぎ、侍女が燭台《しょくだい》の白蠟《はくろう》に火をつけに来ている間も、麗媛はまだ自分の足が地面についていないような、奇妙な浮遊感にとらわれていた。

明かり採りの高窓しかない房間は、夕暮れ時を過ぎるとすぐに暗くなる。いつもなら、太陽のぬくもりが遠ざかるにつれて沈み込んでいく心が、今日はまだ熱を帯びている気がした。

「失礼いたしました」

手燭《てしょく》を持つ侍女が、房間《へや》に灯《あか》りをともし終え、小薇宮を出ていこうとしたとき、麗媛は無意識に顔を上げた。

「ありがとう」

以前にこうして礼を言ったのは、いつのことだったか。

己と関わることに怯《おび》え、不快感を示す侍女たちに、麗媛は自分のほうから声をかけることをやめてきた。

けれど、今日は――ごく自然に、唇が動いたのだ。

「い、いいえ、仕事でございますので……」

気まずそうな侍女は、そそくさと扉を閉め、外から門をかける。金属と木材の擦れる音は、いつだって聞き慣れていたはずなのに、今宵《こよい》は自分の孤独を浮き彫りにする。

——夫になるだなんて、お兄さまがお許しになるはずがない。それに、もしお許しくださったとしても、あの方が不幸になるのは嫌だわ。わたしは誰かを愛しく思ってはいけないんだもの。

何度そうして言い聞かせても、天暁の優しい声が耳から離れない。

話しかけてもらえたことを思い出すだけで、心が胸のうちで膨らむような、あるいはきゅうっと絞られるような、正反対のふたつの感覚を同時に覚えるのだ。

高窓の格子越しに空を見上げると、薄紺の夜空に小さく星が輝いている。まだ月は見えない。

夜の時間を潰すため、麗媛はいつも空を見上げる。雨や曇りの夜には、することがなくて時間を持て余すが、空が見える日は時間の経過と共に景色が変わる。

つとめて普段と同じ行動をしようと、彼女が木製の硬い椅子に腰を下ろしたとき、出て行ったばかりの侍女が扉の向こうで「太子さま、なぜこちらに……」と悲鳴に似た声をあげたのが聞こえてきた。

劉権太子は宮廷において絶対的な存在であり、同時に畏怖《いふ》の対象でもある。真国の実権は、すでに老いた皇帝ではなく劉権の手にあることを誰もが知っていた。

——お兄さまが……？　まさか、将軍さまに目を見られたことを知って、お叱りにいらっしやったのでは……

それまでのあたたかな気持ちは一瞬で消える。まるで、白蠟の炎に水をかけたように。

すぐさま立ち上がり、麗媛は両手を組んで頭を深く深く下げる。劉権に会うときには、拝礼で出迎えなければ許されない。顔を上げて迎えようものならば、尻を打つ回数が倍になるのだ。

程なくして扉が開く音が聞こえ、大股で歩く劉権の足音が響いた。

目の前に異母兄の高価な靴が見え、麗媛は押し黙って息を潜める。自分から声をかけることも許されない。劉権にとって、麗媛は妹でもなければ同じ人間でもないのだから。

無言の彼は、じっとその場に立っている。

怒り心頭に発した状態ならば、こうはなるまい。気の短い劉権は、感情が高ぶると即座に暴力を振るう。これまで数えきれないほどに手ひどい仕打ちを受けてきた麗媛だが、今、劉権が何を考えて黙っているのかわからなかった。

ゆうに数十秒の沈黙ののち、偉丈夫な太子は地の底から響くような笑い声を漏らす。

ぞわり、と背筋が震えた。

劉権の機嫌が良いときは、機嫌が悪いときよりもなお恐ろしい。彼にとって、麗媛への折檻《せっかん》は娯楽のひとつなのではないかとさえ思える。異母兄の嗜虐心《しぎゃくしん》を煽《あお》る何かを、自分は備えているのかもしれない。

「麗媛、今宵は貴様に新しい衣をくれてやろう」

ひとしきり笑ってから、劉権がそう言って乱暴に右腕をつかんだ。つかむだけでは飽きたらず、強引に麗媛を振り回す。

「ひっ……」

顔を上げた彼女の瞳には、異母兄の背後に控える五名の侍女の姿が映った。

――いったい何をなさるおつもりなの？

我が兄の言動を理解できぬ麗媛の、淡青の上衣が、劉権の手で引き裂かれる。

「お兄さま……っ、何を……！」

あまりの事態に、冷血公主と呼ばれる麗媛でも声が震えた。床に膝をつき、破れた布地を両手で押さえる。裳はめくれ、白いふくらはぎがあらわになった。

「貴様は頭だけではなく耳も悪いのか。今夜は特別な客が来ている。宴の末席に座らせてやるからには、古ぼけた衣では太子であるこの俺が恥をかく」

横柄で傲慢な声を頭上に聞きながら、けれど現時点で恥をかいているのは間違いなく麗媛のほうだ。侍女たちの前で劉権に罵倒され、あまつさえ衣を破られ、惨めな姿を晒《さら》している。

――惨めというなら、わたしはいつだって惨めだったわ。今さら恥じらうほどの羞恥心すら持ちあわせているかどうか怪しいほどね。

すうっと心が冷えていく。水を打ったように静まり返った小薇宮で、麗媛は心に湧き上がる感情の一切を殺して異母兄を見上げた。

「わたしのような不調法者が、宴に出させていただくわけにはまいりません。お兄さまのお顔に不要な泥を塗らぬよう、ここで過ごさせてくださいませ」

「ならん」

だが、劉権は麗媛の申し出を一蹴し、背後に控える侍女たちに宴の支度を命じる。

残虐非道と言われる太子に逆らう者など当然ひとりもおらず、無言の侍女たちが麗媛のそばにやってきて、速やかに着替えを始めた。

「どうして、こんな……」

黄龍城へ足を踏み入れることは、長らく禁じられてきた。凶花の娘が皇帝の住まう場所に赴くなど、許されることではないと言い聞かされてきた。

――なぜ今になって、突然、お兄さまはわたしを宴に呼んだの。何か理由があるに違いないけれど……

問いかけたくとも、すでに劉権の姿はない。

足枷の鎖は、同日のうちに二度外された。

あるいは今夜こそが、麗媛がこの鳥籠から逃げ出す機会なのかもしれないとも思うが、突発的な事態を前に、彼女自身が誰よりも困惑している。

生まれてこのかた着たこともないような瀟洒《しょうしゃ》な淡桃《うすもも》色の衣には、繊細な刺繍で大小の蝶《ちょう》が舞い、翅《はね》の模様には細かな宝石が煌めく。金銀の糸を編みこんだ帯を締められ、仕上げには金細工の飾りを巻かれ、装飾品を手にした侍女が近づいてくるのをぼうっと眺めていた。

不様な足枷を隠すため、念入りに左右の足首に薄絹を巻き、その上から小さな鈴のついた赤い紐《ひも》を結ばれる。

その段になって、麗媛は初めて気がついた。

劉権が揃えた着替えの一式、すべてが紅色を基調としていることに。

不吉な瞳の色を嫌う劉権は、妹の呪いを利用して国を繁栄へ導こうとしながらも、決して麗媛に赤い衣を与えることはなかった。瞳の色がよく映えるだろうに、あえてその色を避けていたのは、理由あってのことだと思っていたが、なぜ今宵、それが解禁されたのだろう。

鏡に映る麗媛は、同じ年頃の娘たちに比べると童顔で、体もだいぶ小柄だったが、艶《つや》やかな黒髪と紅い瞳の美しい少女である。

いつもは蒼白《そうはく》な頬《ほお》に化粧《けわい》を、小さな唇に紅を、髪の上半分を左右に結い上げて牡丹紅と蝶の歩揺《ほよう》を挿すと、先ほどまで衣を引き裂かれて床に這《は》いつくばっていた自分と同一人物とは思えない姿が映しだされた。

宴の主賓は、紅藍国の徐天暁将軍にほかならない。

――わたしを参加させることが、天暁さまを追い込む策ではありませんように……

赤い唇をきゅっと引き結び、麗媛は別人のように飾り立てられた自身を鏡越しに睨《にら》みつけた。


酒宴の席は、黄龍城の東側にある詠月宮《えいげつ》。

かつて高名な詩人が訪《おとの》うた際に、月を眺めて詩を詠んだとしてその名を冠した宮である。

名に恥じることのない、簡素ながらも風情のある宮の大広間に到着して、麗媛は息を呑んだ。

足首の鈴がりりん、と小さく音を立てる。

色とりどりの衣を纏った異母姉たちが坐《ざ》し、すでに宴席は埋まっている。女たちは、麗媛など目ではないほどの飾りようだ。屋外の香霧《こうむ》と裏腹に、沈香《じんこう》が品良く香る。

侍女の案内で姉たちの末席につくと、年子の異母姉がすすっと体を引いた。

この程度では傷つかない。麗媛がこうした場に来るだけでも、兄姉たちにとっては気分の悪いことだろう。

それぞれの侍女たちがあてがわれた席に着くと、麗媛の足首につけられた鈴とは違う、よく響く銅鑼《どら》の音が聞こえてきた。劉権太子が、客人である天暁と共に宴に姿を現したことを知らせる音だ。

異母兄たちは目配せをし合い、天暁を薄ら笑いで眺めている。それとは逆に、異母姉たちは物珍しそうな眼差《まなざ》しで、若草色の盤領袍を纏った他国の男を値踏みしはじめた。

日中に会ったときの馬の尾のような髪型とは異なり、天暁は髪をきちんと結い上げ、後ろに二枚の布が垂れた烏紗帽《うしゃぼう》を被っている。こうしていると、赤銅色の髪はほとんど見えないのだが、姉たちの目には天暁がたいそう珍しい存在に映っているようだ。

父帝が老い、床に臥《ふ》した今、最上位の席に座るのは劉権である。天暁と、部下の清穆が席に着いたのを確認してから、劉権が腰を下ろす。すると、今一度大きな銅鑼の音が詠月宮に響いた。

銅鑼の余韻が消えるのを待ち、官吏が宮廷料理を運び入れる。すべての席に膳が配置されると、またしても銅鑼が鳴った。

慣れない麗媛は、銅鑼の大きな音を聞くたび心臓が跳ね上がる思いだが、そこは表情の表れにくさのおかげで周囲に気づかれずに済む。

この程度のことでいちいち怯えていては、異母姉たちに笑われるに違いない。心のなかでだけ、ほっと小さく息を吐く。

而《しこう》して、劉権が立ち上がった。

今夜の異母兄は、緋色《ひいろ》の美しい袍を身に纏い、幅広の帯に飾刀を提げている。宴席であっても、劉権は武人であることを忘れない。当人も、そして周囲の兄姉たちも。

一同を見渡した劉権が、皮肉げな笑みを浮かべて口を開くと、次期皇帝らしい貫禄《かんろく》と威厳のある低い声が聞こえてきた。

「本日は紅藍国の皇子、徐天暁将軍をお迎えしての宴である。我々真国と紅藍国は、互いの国家を尊重し、さらなる発展と繁栄のため、同盟を結ぶことと相成った」

兄たちがこぞって歓声をあげ、姉たちは香木の扇を揺らす。

——同盟ということは、つまり、天暁将軍の国と、真国は敵対しないという約束をしたのね……。

世情にも政治にも疎《うと》く、小薇宮の狭い世界で生きる麗媛にはどうにもめでたさがわかりかねるが、少なくとも戦争を始めるという話ではないのだから、喜ばしいことなのだろう。

隣同士でひそひそと話をする姉たちの声が、麗媛の耳にも聞こえてくる。

「ねえ、あの噂はほんとうなのかしら」

「噂ってなあに？」

「まあ、玉唯《ぎょくい》は知らないの？　劉権兄さまは、天暁将軍に妹のひとりを妻として娶《めと》らせるおつもりだとか」

「あの精悍《せいかん》な将軍の妻に？　それなら是非、私を娶っていただきたいわ！」

国と国が友好関係を築くとなれば、劉権が閨閥《けいばつ》政治を検討するのも当然だ。

――まさか、まさか、天暁将軍があのとき仰ったのは……ご冗談よ。そう、きっとお兄さまからわたしの境遇を聞いていらっしゃったんだわ。

だが、箸を持つ手が震えるのを止められない。諧謔《かいぎゃく》にしては、彼の声はあまりにも真摯《しんし》だった。彼の瞳は嘘《うそ》をついているようになど見えなかった。

――いいえ、わたしのような世間知らずの小娘に、政《まつりごと》をなさる殿方のお考えが読めるはずがないもの。

自分に言い聞かせてはみたものの、麗媛を助け出すと言ったときの彼の声は、耳の奥から消えてくれない。

何度目になるかわからない「まさか」を心のなかで唱えたとき、劉権が自分を見ていることに気づき、麗媛はびくりと肩を震わせた。

「ひいては、紅藍との友好の証として我が末妹と天暁将軍の縁談を取り決めた。皆、今宵は同盟の祝賀のみにあらずして、天暁将軍と我らが妹、麗媛の末永き福寿を祝う宴と心得よ」

それまで盛り上がっていた宴席は、一瞬でしんと静まり返る。まるで空気が凍ってしまったかのように、言葉を発すれば刃となって肌を突き刺すかのように。

実際に、麗媛を突き刺したのは言葉の刃ではなく、姉たちの冷酷無比な眼差しだった。

同時に、視界の隅《すみ》で劉権がほくそ笑むのがわかり、麗媛の背筋を冷たいものが伝う。

凶花の呪いを、あの将軍は知っているのだろうか。もしや、何も知らずに自分という厄介事を押しつけられるのではあるまいか。否《いや》、それだけならまだしも、劉権は麗媛を娶らせることで紅藍国に不幸を招こうとしているのでは――

指先がひどく冷たくなった。

冷血と呼ばれる身の上は、己のみが不幸であれど、家族が、国が、民草《たみぐさ》が幸せであることを願ってのことだ。誰かの幸せのために犠牲となるのは、辛酸を嘗《な》めようとも我慢ができる。諦めることもできる。

されど、他国を騙《だま》し討《う》ちにするため嫁げと言われて、それを素直に受け入れることは、麗媛の矜持《きょうじ》に反する。

幽閉されて育ったとはいえ――いや、自由のない育ちだったからこそ、麗媛は他者の不幸をひたすらに嫌う娘だった。自分の知る苦難を、ほかの誰かが背負うのを見たくはない。その悲しさを、苦しさを、孤独を、誰よりも自分は知っているのだから。

「将軍、家族となる我が弟妹にひと言いいだろうか？」

麗媛の心などいざ知らず、宴は続いていく。それどころか、劉権は災難を押しつけようとしている天暁に、皆の前で挨拶を求めた。

姉たちは、美貌の将軍に嫁ぐことになった末妹を嫉《そね》みの眼差しで見ているが、おそらく兄たちは違う。

直前に同盟の発表に盛り上がったというのに、彼らは察したのだ。劉権は本心から同盟を結ぶつもりなどありはせず、同盟を理由として麗媛を紅藍に送り込み、最終的には彼《か》の国を征服する心づもりであるのだと。

「挨拶の場を与えてくださったこと、心より感謝申しあげる」

若草色の袍をゆったりと揺らし、天暁が立ち上がる。どこか浮世離れした雅馴《がじゆん》たる所作と、将軍というには軍人の匂いを感じさせぬ青年だ。彼ならば、呪われた女を妻に迎えさえしなければ、幸福な未来が約束されているに違いない。

「我らのような新興国が、歴史ある真国と同盟を締結できるのは偏《ひとえ》に劉権太子の寛容さによるもの。皇帝である父に代わり来訪した若輩者《じやくはいもの》に、窈窕《ようちよう》たる淑女の妻を賜《たまわ》り、重ねて御礼申しあげる。皆さまのかわいらしい妹御、麗媛どのを大切にすることをここに誓いましょう。今後は、私のことをどうぞ実の弟と、そして紅藍のことを真の家族と思っていただきたい。何卒よろしくお願い申しあげる」

言い終えると、天暁は麗媛に向かって「言ったとおりになっただろ？」とでも言いたげな笑みを見せる。

少年のような瞳で、けれど美しい青年の体躯《たいく》を持ち合わせた彼は、姉たちの視線を一身に受けて立っていた。

――……できない。結婚なんて、できるはずがない……！

喉の内側、柔らかな部分にちくりと棘《とげ》が刺さったように、息をするたび痛みを覚える。けれど、その棘はとても小さくて細くて、痛みの在処《ありか》が特定できない。

麗媛はうつむき、両手で裳をぎゅっと握っていた。紅色の瞳であの鮮やかな青年を見てはいけないと思った。呪われた身で、誰かの優しさに触れたいと願うのはおこがましいと知っていたから――

◇◇◇

宴が終われば、小薇宮へ戻れる。

そう思っていた麗媛だったが、侍女が「劉権太子がお呼びです」と声をかけてきた。

天井の高い廊下を歩きながら、劉権が本気で自分を天暁に嫁がせようとしていることを実感し、首筋がぞくりと冷たくなる。

逃げ出したいと思うものの、背後に控える侍女たちがそれを許さない。否、今ここで逃げたところで、麗媛には城壁の外へ出て行く術《すべ》がないのだ。だがこのままでは、天暁は何も知らぬまま、自分を娶ることになろう。

——どうしたらいいの。わたしにできることは……

考えが纏まらないうちに、異母兄が待っているという廂房《しょうぼう》へ通された。

元来、脇部屋の意味である廂房とて、黄龍城においては奢侈《しゃし》を尽くした造りである。少なくとも小薇宮とは天と地ほどの差のある房に頭を下げて両手を胸の前に組んだまま足を踏み入れた麗媛に、予想外の声が聞こえてきた。

「遅かったね、麗媛」

劉権の声ではない。びくりと体を強張《こわば》らせた麗媛は、思わず顔を上げる。

「っ……」

正面の長椅子に腰を下ろしていたのは、徐天暁。烏紗帽《うしゃぼう》をはずした彼が、まっすぐにこちらを見つめている。

侍女が房を間違えたのか、と慌てて今入ってきた入り口を振り返るが、すでに扉は閉ざされ侍女の姿はない。

——違う、これは間違いではないのだわ。だって天暁将軍は、遅かったと仰った。わたしをお待ちになっていらしたの？　だけど、どうして……？

一瞬、恐ろしい考えが脳裏をよぎる。

麗媛は、この縁談を異母兄が紅藍に攻め入るための準備だと勝手に思い込んでいたが、そうではなかったとしたら――

たとえば、天暁が凶花の娘としての自分を娶り、紅藍に繁栄をもたらすため、劉権同様に麗媛を傷つけようとしているなら、話は別だ。

「わ、わたしを……打《ぶ》つためにお呼びになったのですか……？」

震える脚が、一歩うしろへ下がる。すると足首の鈴がちりりん、と小さな音を立てた。

「打つ？　あなたを？　――すまない、私は女性を痛めつける趣味はないのだけれど、真国では夫婦の契りを結ぶときにそういう行為をするのか？」

前髪をくしゃりとかき上げた天暁が、困った表情で尋ね返してくる。

その瞳に嘘は見えなかったので、麗媛は小さく息を吐いた。彼は別に、自分を痛めつけるために呼んだのではないと、それだけは信じられる。

そもそも、麗媛は異母兄に呼ばれてきたはずだった。それが、なぜ天暁が待っているのか不明だ。

――わからないことを、ひとつずつ整理していけばいいのかもしれない。将軍さまにお聞きすれば……

麗媛は頭を下げて拝礼し、唇を軽く湿らせてから言葉を選んだ。

「恐れながら、将軍さまにお伺いしたいことがございます」

震えそうになる喉に力を入れ、懸命に声を絞りだす。

ひとと会話をすることにさえ、麗媛は慣れていない。まして、他国とはいえ将軍職にある皇族に対し、どのように話しかければ無礼に当たらないのか、不安だった。

「うん、私にわかることならなんなりと」

だが、天暁は別段気にした素振りもなく、麗媛に質問を促す。

「わたしは兄に呼ばれてこちらの房へ参りました。何かの間違いであれば、今すぐ失礼したく存じます。夜遅くにこのような無礼を働きましたこと、どうぞご容赦いただきたく……」

長椅子から彼が立ち上がる音が聞こえ、衣擦れと長靴が床を歩く小気味良い足音が近づいてくる。

「麗媛」

「ひっ……」

薄い肩に、ぽんと彼の手が置かれたその瞬間、麗媛はびくりと震えて床にへたり込んだ。

なんと不様なことだろう。

早く立ち上がらなくてはと思うのに、震える脚は力が入らない。普段から屋内で過ごすことの多い麗媛は、自分の体の弱さが情けなくなる。

すぐに謝罪をしなければ、どんな罰を与えられるかわかったものではないというのに――

「え……？　そんなに驚かせたか？　すまない、あなたはとても繊細なのだね」

しなやかな腕が伸びてきて、怯える麗媛の体を軽々と抱き上げたのは、そのときだった。

「将軍さま、何を……」

「私のせいで怖がらせてしまったんだろう？　何も怯えることはない。あなたと話がしたかったから、劉権太子に頼んでおいたんだ」

急に目線が高くなり、見た目よりも逞《たくま》しい男の腕に抱かれて、思わず彼の肩口にすがりつく。もしも異母兄相手にこんな不様な姿を晒せば、幾度謝罪しようと許してはもらえないだろう。

しかし、天暁は怒るどころか笑顔を向けてくる。

「夜遅くにあなたを呼びつけたからといって、何かいけないことをするつもりはない。宴の席では話すこともできなかったから、未来の花嫁とふたりで過ごしたいと思った。それだけだよ」

麗媛を抱いたまま、彼は大股で歩いて先ほどまで座っていた長椅子に戻った。そこに下ろされるのかと思いきや、横抱きにされたまま天暁の膝の上に座らされる。

「ははっ、あなたはとても軽い。膝にのせても、まるで子猫のようだ」

「お……下ろしてくださいませ」

冷血公主とまで呼ばれた表情のない顔が、今はやけに熱く感じた。

「駄目だ。こうでもしないと、あなたは私を見てくれないからね」

目をそらす麗媛の顔に自らの顔を近づけ、天暁が紅い瞳を覗《のぞ》き込《こ》んでくる。

「ああ、やはり美しいな」

深茶色の彼の瞳に、自分が映っていることを知り、麗媛は奥歯をきつく噛《か》みしめた。

――やはり将軍さまは、わたしの呪いのことをご存じないのだわ。だから、この禍々《まがまが》しい瞳を見ても平気でいらっしゃる。

打たれる心配はなくなったけれど、今度は違う不安がこみ上げてくる。異母兄が、天暁を騙《だま》して麗媛との縁談を纏めたという事実が浮かび上がってくるのだ。

「将軍さま、わたしは……」

「私の名前は『将軍』ではないよ。それに、結婚したらあなたは紅藍で暮らすことになるのだけど、我が国にも将軍職に就く者はゆうに両手の指ほどいる。どういうことかわかる？」

麗媛はきょとんとして頭《かぶり》を振った。

そもそも、彼は本気で自分を娶ろうというのか。そこからして麗媛にはわかっていないというのに、その先の何がわかろうものか。

「……まったく、そんな無邪気な目をされると自分が獣《けだもの》のように思えてくるな」

これは困った、とばかりに天暁が抱きしめる腕の力を強めた。体と体が密着し、彼のぬくもりに包まれる。事実、華奢な麗媛は、背の高い天暁の腕にすっぽりと包み込まれていた。

「つまりはね、私はあなたの夫となるのだから、天暁と名前で呼んでほしいと頼んでいるんだよ」

「そのような恐れ多いことはできません」

「おや、即答されてしまった。麗媛はか弱く見えても、なかなか意志が強い」

麗媛としては、結婚なぞできないという意味で言ったのだが、彼は結い上げた髪を崩さぬよう優しい手つきでぽんぽんと頭を撫でてくる。

どうしてだろう。このひとは、凶花の呪いを知らないだけなのに、まるで幼い日に乳母が抱きしめてくれたのと同じぬくもりを与えてくれる。

その温度は、麗媛が長らく触れたことのないもので、けれど自分以外の誰もが子どものころから慣れ親しんでいたものだと気づき、胸のうちに孤独がこみ上げた。

天暁とて、事実を知れば同じ態度はとれまい。そうなったときに、彼のぬくもりを思い出せばいっそう寂しくなる。

結婚はできない、自分は呪われた身ゆえ優しくしないでほしい。そう言わなければ――

「しょ……」

「将軍ではなく、天暁だ。呼んでごらん、麗媛」

じっと見つめてくる彼の目に、麗媛はなぜか心が跳ねるような感覚がした。胸のうちで、何かがひどくざわつく。けれど、同時に静かな風が吹き抜けるように心地よく、穏やかな気持ちもしてくる。

――もしもわたしを人間として扱うお兄さまがいたら、こんなふうに話しかけてくだすったのかしら。

異母兄は六人もいる。それなのに、さらに兄を欲しているような自分の思考に、麗媛は恥ずかしくなった。

そんな思いを知られたくなくてますます表情は強張っていく。喜びも悲しみも驚きも逡巡《しゅんじゅん》も、それがいかなる感情であれ、突出した心の動きがあるときほど、麗媛は表情を殺すようになっていた。

「天暁さま、わたしはあなたの妻にはなれません。そのような身分の女ではないのです。どうぞご容赦くださいませ」

先刻までとは違い、声もすんなりと出る。そうだ、自分は彼の妻になれる身分ではないのだと、その気持ちが麗媛を冷静にした。

「……どうして、と聞いてもいいだろうか」

「身の程は弁《わきま》えております。兄がどのように申したかはわかりませんが…ん、んんっ……⁉」

唐突に、言葉の続きが失われる。

咄嗟《とっさ》の出来事に、麗媛は何が起こったのかわからなかった。それは、生まれて初めてのことだったから。

――これは……何……？

「んっ……」

天暁が形良い唇で、麗媛のそれを塞いだのだ。互いの唇を重ね、それだけでは飽きたらず口を吸ってくる。何をされているのかもわからず、麗媛は彼を押しのけようとした。

「や……っ……、ん、んむ……っ」

だが、力の差は歴然たるものだ。それでなくともか弱き麗媛が、鍛えた男に敵《かな》うはずもない。逃げかけた唇を再度塞がれると、今度は先ほどとは違い、ぬるりと何かが口腔《こうこう》に入り込んでくる。一瞬、それが何かわからず麗媛は身を硬くした。

ぬちゅ、ちゅく、と淫靡《いんび》な音を立てて、天暁の舌が奔放に蠢《うごめ》く。

――なぜ口を吸うの？　なぜ舌なんて入れてくるの？　これはどういう行為なの……？

何もわからないというのに、心臓が早鐘《はやがね》を打つ。呼吸を奪われたせいだろうか。否、そうで

はない。麗媛の体から力が抜けていき、抵抗しかけていた指先は、若草色の盤領袍にすがりつく。

まるで自分が食べられてしまうような気がした。彼の舌は麗媛の舌に絡みついてきて、逃げようとすると上顎を撫でさする。それがくすぐったくて、もどかしくて、白い喉を反らせば、今度はいっそう深く唇を重ねてくるのだ。

貪《むさぼ》られる心と体に、どんどん頭のなかが白くなっていく。それどころか、気づけば彼の舌を押し返そうとして、唇と唇の間でふたりの舌がねっとりと絡みあっていた。

「ん、ん……っ、ん……！」

喉元まで心臓がせり上がってくるような錯覚に陥り、もう何も考えられなくなったころ、やっと天暁が顔を上げる。彼の唇に紅が移っているのを見て、猛烈な羞恥心が麗媛を襲った。

「ああ、その顔のほうがずっといい」

右手でそっと頬を撫でてくる天暁が、嬉《うれ》しそうに笑みを浮かべる。

「な、何をしたのですか？　今のはいったい……？」

頬が、自分の頬ではないと思うほど熱くなっていた。まさかとは思うが、口を吸うのは仙術《せんじゅつ》の類《たぐい》なのでは、と麗媛は不安を覚える。

「何って……意地悪なことを言うあなたの唇を塞いだだけだよ。夫婦になれば、このくらいは当たり前のことだ」

「夫婦……」

その言葉に、今まで聞きかじった様々な知識の点がつながり、一筋の線を成した。

幼いころ、乳母に「子どもはどうやって生まれてくるの？」と尋ねたとき、彼女はなんと答えたか。そう、たしか「ほんとうの夫婦になれば子が宿るのです」と言っていた。

そして劉権は「毎夜、卑しい身分の男に抱かせ、誰の子かわからぬ娘を産ませてやろう」と言っていた。

今、麗媛は天暁に抱かれて、夫婦が当たり前にすることをしてしまったのだ。

――どうしよう。わたしが無知だったせいで、子どもができてしまう。

全身の産毛がぞわりと逆立つ。口を吸われるのは嫌ではなかった。むしろ、思考を蕩《とろ》かされる感覚には甘ささえ覚えた。だが、これで子を成してしまえば、産まれてくる娘もまた真国のためという名目で幽閉される。自分だけではなく、娘にまで苦しみを与えることになるのだ。

「え……、麗媛⁉」

気がつくと、麗媛の両の目から大粒の涙がこぼれていた。伝う涙が、火照《ほて》った頬を滑り落ちる。

「そんなに嫌だったのか？　たしかに強引にしてしまったけれど……」

すまない、と囁《ささや》き、天暁は麗媛の頭を自分の胸に抱き寄せた。それから、幼子をあやすように優しく優しく頭を撫でる。

「泣かないでくれ。私はあなたを困らせたくてしたわけではないんだ」

彼はきっとわからない。

麗媛が今、何に怯え、何を恐れているのか。

紅い瞳の女にしかわからない恐怖があることを、その呪いを知らない天暁が理解できるはずはなかった。

「……怖いのです。わたしは、子どもができることを恐れているのです……。それなのに、こんな……」

考えてみれば、口を吸われている間、下腹部がひどく蕩けるような感じがした。あれが子を成すということか。

「何を言う。あなたの子は私の子。紅藍の旗の下《もと》、私たちの子を育てたい」

「ですが……」

どこにいても、自分が呪われた身であることに変わりはない。もしも凶花の呪いを隠して紅藍に嫁げば、今までのように虐げられることはなくなるのだろう。けれど、優しい天暁のそばにいれば、彼を愛しく思ってしまうかもしれない。

凶花に愛された人間は不幸になる——

麗媛はぶるっと身を震わせた。

「麗媛、この縁談にあなたは乗り気でないのかもしれない。だが、こらえてくれ。私はあなたを救うために、妻として黄龍城から連れ出すほかないんだ」

「天暁……さま……？」

突如、天暁が言い出した「救う」という言葉に、思わず顔を上げる。紅い瞳を向けられることが、どれほど相手にとって不快なことかも忘れていた。

「その足枷を、はずしてあげたい。私はね、遠い昔に約束したんだよ。あなたを自由にしてあげると、あなたをお嫁さんにもらうのだと……」

涙に濡れた瞳を見つめ返し、天暁が愛しげに唇を寄せてくる。今度は口を塞ぐのではなく、涙の粒が光る睫毛に、そして反射的に目を閉じた薄い瞼《まぶた》に、幾度も幾度も優しく唇で触れてきた。

「だいじょうぶ、何も心配しなくていい」

「心配……しなくていいのですか……？」

——それは、瞼や頬に唇をつけても、口を吸わなければ子どもはできないという意味なのかしら……？

長い間、感情を押し殺して生きてきた、心の箍《たが》がはずれている。頬を伝う涙がその証拠だ。麗媛自身、生理的な涙以外はもう何年も流した覚えがない。

「いいよ。私があなたを守ろう。あなたも、あなたとの子どもも、誰にも傷つけさせない。だから――私の妻になってくれるね？」

いけないことだと知りながら、彼の手があまりに優しくて、麗媛は無意識に首肯《しゅこう》していた。今まで、彼女に対して「守る」などと言ってくれた人間はただのひとりもいなかったのだ。出会って間もない天暁だけが、麗媛に与えてくれた約束。それがたとえ、優しい嘘であっても構わないと、その瞬間は思った。

――紅藍に嫁いだら、天暁さまもわたしを幽閉してくだされぱいい。そうすれば、誰にも不幸をもたらさずに暮らしていける。

「麗媛、愛しい麗媛。そんなに泣いてばかりいては、目がこぼれてしまうよ」

よしよしと頭を撫でる天暁の手は、麗媛の知るどんな手とも違っていた。

彼女を傷つける手とも、彼女に怯えて逃げる手とも、かつて撫でてくれた乳母の手とも違う、ただひとりの男の手。

麗媛は、そのぬくもりだけで自分がこれから先、どんなに辛い目に遭っても生きていける気がしていた。

◇◇◇

夜も更けて、空が雲に覆われた。重く濡れた雲は、雨を運んでくる。

遠くの山から運ばれてきた雨雲をつまみに、劉権太子は閨房《けいぼう》にて朱金の盃《さかずき》を傾けていた。

「――ほう？　卑しい末妹にしては、ずいぶんと上出来のようだな。それとも卑しい女だからこそ、男を誑《たぶら》かすことだけは優れているとも言えるか」

高慢な笑い声に、報告した官吏も追従する。

長い黒髪を下ろした劉権は、不意に笑うのをやめて盃を目の高さまで持ち上げた。

「凶花の分際で、男に媚《こび》を売るとはな。余程あの男が気に入ったか。淫売の母親の血を色濃く継いだものよ」

「……太子、それはどういう……」

「愚鈍が。独り言に口を挟むでない！」

ぴしりと言い切られ、官吏は畏怖に顔を引きつらせる。しかし、これ以上の不興を買うわけにもいかず、平伏して房を辞した。

残された劉権は、舌打ちをひとつすると盃の酒を飲み干す。

「貴様に幸福など訪れはしない、麗媛」

苛立《いらだ》たしげに、豪奢《ごうしゃ》な盃を壁に投げつけると、劉権は立ち上がって窓の外の空を見上げた。

「決して許さぬ。あの女の娘など……」

睨《ね》めつけた空が、泣きはじめる。

真国の夜を、無慈悲な雨が覆っていった。

◇　◇　◇

陽射しが日に日に熱を帯びていく。今年の夏は、例年よりも暑くなりそうだ。

紅藍の皇子と結婚が決まった麗媛だったが、同盟の調印に訪れていただけの天暁にそのままついていくことは無論できない。呪われた身であろうと、公主は公主なのだ。婚儀のための準備には、それなりの時間がかかる。

――天暁さまは、今ごろ何をしていらっしゃるのかしら。

閉ざされた小薇宮で、麗媛は今日もひとり、四角く区切られた高窓から空を見上げていた。

だが、以前と違う点もある。

天暁との結婚が決まって、麗媛にはやるべきことができたのだ。初夜に夫が着る衣を誂《あつら》えるのは、新妻の役目。侍女が運び入れた裁縫道具と布が、麗媛の慰めになった。

毎日、ひと目ひと目丁寧に夜着を縫う。それは、ひどく単調な作業であったが、同時に麗媛にとっては唯一の娯楽でもあった。

また、天暁と出会って以来、劉権が小薇宮を訪れずにいることも心を落ち着かせている。

異母兄がやってくることは、即《すなわ》ち無体な仕打ちをされることを示す。それが国のためだと言われても、痛みを喜んで受け入れる人間はいないだろう。

じゃらりと重い足枷の鎖だけは、長年変わらぬままだ。

——けれど、これをはずしてもらえる日が来るのだわ。紅藍への道中、足枷をつけたままでは行けないと侍女が言っていたもの。

麗媛自身は、自分が変わった意識がなかったが、最近なぜか侍女が時折世間話をしてくれるようになった。あるいは、呪いが薄まる兆候にあるのかと期待しかけたが、そんなわけもない。

ぼんやりと空を見上げていた麗媛は、小さく息を吐いて手元の針と布に視線を戻す。

この衣を、彼《か》のひとが着てくれている姿を想像すると、心が逸《はや》るのはなぜだろう。冷血と呼ばれる身でも、まだ熱が残されていることを知って、麗媛は口元に小さく笑みを浮かべた。

——結婚をするということは家族になることなのだもの。わたしの頭を撫でてくれた天暁さまは、心優しい方に違いないわ。

そう思うと、同時に罪悪感も湧き上がる。

心優しき青年に、真実を告げぬまま縁談を進めているのだ。彼ばかりではなく、紅藍の民をも騙すことになる。

そのとき、遠くから足音が聞こえてきた。小薇宮に長く暮らすうち、麗媛は宮に近づく誰かの足音にばかり意識を向ける癖がついていた。

侍女たちの楚々《そそ》とした足運びとは違う。これは劉権が訪れたに違いない。一瞬で麗媛の顔面から表情が失われる。

天暁を招いた宴以来、異母兄がこの宮に近づくことはなかったというのに――

閂《かんぬき》をはずす音に次いで、乱暴に扉が開かれた。手にしていた裁縫道具を椅子に置き、麗媛は急いで立ち上がると両手を組んで頭を低くする。

「ふん、相変わらず陰気の立ち込めた場所だ。貴様には似合いだな」

当然ながら挨拶すらなく、劉権がずかずかと房内に足を踏み入れる。異母兄は、麗媛に近づくとぐいと黒髪をつかんで強引に顔を上げさせた。

「……この黄龍城から出られると知って、浮かれているのか。今日は貴様に結婚の真意を伝えにきた」

椅子に置かれた縫い途中の衣を見た劉権が、吐き捨てるように告げる。それはどこか皮肉げで、けれど苦々しさを滲《にじ》ませた声だった。

押し黙り、目を伏せ、麗媛は異母兄の前で痛みを知らない人形になる。そうしていなければ、心まで傷つけられる日々に耐えられなかった。だから麗媛は感情を殺したのだ。

「無知な貴様にはわからんだろうが、紅藍は大陸内で不要な力をつけすぎた。無論、我が国を脅かすほどではない。羽虫ほどの疎《うと》ましさではあるが、獅子《しし》とて羽音を嫌うこともある」

髪をつかまれたまま、痛いほどに喉を反らされ、麗媛は眉根を寄せる。

「叩《たた》き潰《つぶ》すときには徹底した姿勢が肝要なのだ。念には念を入れて潰さねば、下賤《げせん》な虫はすぐに繁殖する」

不愉快そうに顔を近づけ、聞いているのかいないのかもはっきりしない麗媛の耳に、劉権ががりと歯を立てた。

「っ……」

ほんとうに人形であれば良かったと、与えられる痛みを感じるたびに麗媛は思う。人間であるがゆえの痛苦。それが己《おの》が身に巣食う呪いを忘れさせてくれない。

「どうした、痛いならば泣け。喚《わめ》け。そして我が国に更なる栄華を与えよ。そのためだけに、貴様は飼われているのだ」

柔らかな耳朶《じだ》に犬歯を食い込ませ、劉権が嗜虐心も顕《あらわ》に低い声で囁く。

「それとも、この程度ではなんら苛《さいな》まれていると感じられなくなったか。卑しき身には、いっそうの仕打ちが必要ということか」

突如、劉権の手が上衣の胸元をつかみ、何が起こるかもわからずにいる麗媛の衣服を引き裂いた。

——だいじょうぶ、このくらいなんてことない……。先日だって、お兄さまは侍女たちの前でわたしの衣を破ったわ。それに比べれば、今日はお兄さましかいないのだし、不様な姿を見られることもないはずよ。

内心では恐怖に駆られているというのに、麗媛の顔には焦りすら浮かばない。しかし、そうしていられるのもここまでだった。

「っ、ひ……っ！」

上着を無理やり引《ひ》き剝《は》がされ、帯を解くこともせずに裳をむしり取られる。全身が空気に触れると、劉権が何をしようとしているのかわからずとも恐怖が強まる。

「卑しい存在と思っていたが、それだけにとどまらず貴様はいやらしい女だ。見ろ、乳房がこんなにも張りつめて、男を誘っている。あの夜、天暁に体を使って迫ったのか？　もう咥《くわ》え込んだのか？」

「お兄さま、何を……」

「黙れ！」

なぜ唐突に衣を脱がされたのかも理解できぬまま、麗媛は髪を引っ張られ、壁に体を打ちつけられた。右頬と右肩に鈍く重い痛みが走る。ずるずると床に崩れ落ち、それでもつかまれたままの髪のせいで顔を伏せることもままならない。

「いいか、貴様の役目は紅藍の皇子を愛することだ。あの男はずいぶんとお優しい様子だった。貴様が呪われた女と知ったところで、態度を改めはしないだろう。今まで優しくされたこともない貴様なら、すぐにほだされることは目に見えている」

裸の腿《もも》をきゅっと閉じ、麗媛は震えながら両腕で胸元を隠した。胸が膨らんでいることが、異母兄の言うようにいやらしいことならば、麗媛にはどうすることもできないのだ。

「俺の言うことを聞けるな？」

いつもならば、痛みや衝撃で座り込んだ麗媛を罵倒する劉権が、今日に限ってしゃがみ込み、わざわざ目線を合わせてくる。その視線に怖気《おぞけ》を覚え、麗媛は唇を震わせた。

「で……できません……」

ぱんっと大きな音が耳元で聞こえる。頬を打たれたのだと気づくと、劉権が再度同じ言葉を紡いだ。

「俺の言うことを聞けるな、麗媛」

思わず打たれた頬を右手でさする。そのぶん、胸元が疎《おろそ》かになった。愛らしく膨らんだ乳房が空気に触れ、それを見た劉権の視線に禍々《まがまが》しい色が浮かぶ。

無骨な手が、乱暴に乳房を弄《まさぐ》った。裾野から握られ、親指と人差し指できつく先端をつままれる。

「ひっ……あっ、痛……っ……」

尻を打たれるのも、冷水をかけられるのも、四《よ》つん這《ば》いにされて背を蹴られるのも耐えられるというのに、慣れない部位を責められて麗媛は泣き声に似た悲鳴をあげた。

「なんといやらしい体だ。さすがは呪われし売女《ばいた》の娘ということか」

言いながらぐりぐりと乳首を捏《こ》ねられ、背筋を悪寒が駆け上がる。

もはや劉権はつかんでいた髪から手を放し、両手で麗媛の双丘を揉《も》みしだいていた。強く指を食い込ませ、中心が突き出ると、それを指腹で擦ってくる。

「いや、いやあ……っ」

何をされているかわからずとも、本能が異母兄のすることを拒んだ。裸を見られ、胸をいじられ、無垢《むく》な麗媛は懸命に脚をばたつかせる。

「あの男もこうして触れたのか？　言え、麗媛」

左右の乳首をきゅうっと根本からくびり、昏《くら》い慾望を宿した瞳が睨《ね》めつけてきた。

「されていません……。天暁さまは、ただわたしの頭を撫でてくだすっただけ……」

ぐすぐすと子どものようにしゃくり上げ、麗媛は息も絶え絶えに返事をする。いとけない乳首はひりひりと痛み、小ぶりな乳暈が色を濃くしていた。

「ほう。ずいぶんと大切にされたものよ。——まあいい。嫁ぎ先から戻ったら、幾人ものならず者にその体を抱かせるまで。せいぜい、紅藍にいる間だけでもあの腑《ふ》抜けた皇子にかわいがってもらうことだな」

前触れなく立ち上がると、もう麗媛に興味はないとばかりに劉権が背を向ける。

「心配せずとも、すぐに小薇宮《ここ》へ帰ってこられる。凶花の呪いが紅藍を弱体化させれば、我が軍が襲いにいくのだ。わかるな、麗媛。父上から公主の身分を戴《いただ》いたからには、貴様は国のため尽くさねばならん。俺の言うことを聞けなければどうなるか——」

振り向いた劉権の目は、ぞっとするほど冷たかった。麗媛を人間と思わぬ眼差しに、心の底から凍りつくような畏怖がこみ上げる。

「呪われし妹よ。国のために尽くせ。国を思って泣け。その涙が我が国の地盤を固める」

呪《しゅ》を残し、異母兄が小薇宮をあとにすると、残された麗媛は両手で顔を覆って嗚咽《おえつ》を漏らした。

恐ろしかった。ただただ、劉権が怖かった。

縁談とは名ばかりで、この身は彼《か》の国を滅ぼすためだけに利用される。いや、利用される以外に使いみちのない自身を嘆いているわけではない。それは今までの十七年間、ずっと徹底されていたことだ。

「天暁さま……、わたしは、わたしは……」

——決してあなたを愛したりいたしません。愛すれば、あなたを苦しめることになるのですから……

麗媛が真国を発《た》つのは、それから半月後のこととなる。

第二章　凶花の輿入《こしい》れ

同じ大陸にありながら、紅藍国《こうらん》は真国《じん》とは気候さえも違う。

麗媛《れいえん》が朱夏城《しゆかじよう》に到着したその日、紅藍は熱砂が空を舞い、池が干上がるほど乾燥していた。

広い扶清《ふせい》大陸ゆえ、端と端まで行かずとも気温や湿度には相違がある。これは書物で知っていたが、目のあたりにすると想像以上だった。

迎えの者たちに囲まれ、瀟洒《しようしや》な輿《こし》から降りると喉がひりつく。紗織《しやお》りで顔を隠す笠《かさ》を被っていてもこの有様だ。紅藍の民は、水不足に喘《あえ》いでいるのではなかろうか。雨の多い真国で育った麗媛には、紅藍の気候は厳しい。

幾日も旅をしてきた体は埃《ほこり》っぽく、蘭麝《らんじや》を焚《た》きしめた襦裙《じゆくん》も香りが飛んでいる。

――これが……朱夏城……

唯一見知った黄龍城《こうりゆうじよう》とは、建物の造りからして異なった巨塔を見上げ、麗媛はごくりと唾を飲んだ。

ここに到着するまでに、逃げ出すべきか何度も小さな頭を悩ませた。劉権《りゅうけん》の策から天暁《てんぎょう》と彼の国を守るためには、自分が嫁がぬことが何よりだ。

しかし、旅の途中で麗媛に何事かがあれば、異母兄はその原因を紅藍に押しつけ、攻め入る隙を見出《みいだ》すに違いない。

「ようこそ、我が花嫁。長旅は疲れただろう。湯の準備をしてあるよ。さあ、こちらにおいで」

他国からの花嫁をひと目見ようと集まった官吏官女の人集《ひとだか》りを制し、徐《じょ》天暁が声をかけてくる。

今日の彼は、鮮やかな藍色の盤領袍《ばんりょうほう》を身に着けていた。帽は被らず、初めて会った日と同じように馬の尾を思わせる赤銅色の髪を風に揺らしている。

「……お気遣いありがたく頂戴いたします」

両手を組んで拝礼すると、胸の奥がかすかに痛む。

優しいこのひとを苦しませぬよう、なるべくならば接しないでいたかった。心を殺すためには、孤独を友にするのが最善だ。

「おや、私の花嫁はずいぶんと他人行儀だ。それともひとが集まっているから緊張してるのか？」

冗談めかして言いながら、隣に立った天暁がぐいと麗媛の腰を引き寄せた。

「あっ……」

疲弊していた脚は、ただそれだけでぐらりとよろけ、上半身を天暁にあずける体勢になる。

到着早々、不様な姿は晒《さら》せない。麗媛が懸命に自分を支えようとしていると、それを見越したのか、天暁が両腕を伸ばしてきた。

「天暁さま、何を……きゃあっ」

軽々と抱き上げられ、目元を隠すことを目的とした紗織りの布がはためく。集まった女性陣から黄色い声があがったのも気づく暇なく、麗媛は「下ろしてください」とか細い声で訴えた。

「なぜ？　疲れているあなたを案内するだけじゃないか。真国ではどうか知らないが、我が国では女性を守ることは男にとって国を守るも同然とされている。何しろ、男だけでは国は滅びてしまうのだからね」

飄逸《ひょういつ》した態度で、けれどどこか慈愛を感じさせる彼は、麗媛を抱き上げたまま人集りを抜けてすいすいと歩いていく。

「ああ、それとね、麗媛」

「はい」

「私のことは、これから暁《ぎょう》と呼んでくれて構わないよ。親しい者たちからはそう呼ばれている」

「……それは……わたしには荷が重うございます」

夫婦となるからといって、麗媛が麗媛でなくなるわけではない。己《おの》が身に余る慈愛を受ければ、どれほど固く誓っていても愛情を覚えてしまう。

名を呼ぶことは、親愛の情を深めることだと、誰からも名を呼ばれぬことで学んでいた麗媛は、弱々しい声で固辞した。

「荷などどこにもありはしない。私を夫とするからには、あなたはもう紅藍の女だ。今までの常識を忘れ、この国で共に自由に生きていくこと。いいね？」

優しくも意志の強さを感じさせる声で、天暁が有無を言わさぬよう言い含めてくる。

あまり逆らえば、気を悪くしてしまうだろうか。否、そのほうがいい。優しくされることを望んではいけないのだ。彼に嫌われ、疎《うと》まれ、手ひどく扱われれば、この胸に芽吹いた感情を殺すことができる。

そんなことを考えていると、天暁のうしろをぴょこぴょこと跳ねるようにして男の子が追いかけてきた。

「将軍さま、将軍さま！　お嫁さまにさしあげるお花、持ってきました」

短い髪を揺らし、両手に数本ずつ色とりどりの野草を握りしめた、年の頃は十《とお》ばかりの少年である。目が大きく、顔立ちだけ見れば女の子と間違えてもおかしくないほどだ。

「浩然《こうぜん》、ありがとう。だが、それは私の頼んだ花とは違うぞ？　湯に浮かべるための花を探してくるよう言ったじゃないか」

「でも、今日はすごく暑いから、花はみーんな萎《しお》れていたんです。これしかなかったんです」

唇を尖《とが》らせる少年――浩然は、弁明してからえへっと小さく笑った。

「将軍さまだって、萎れた花を大事なお嫁さまのお風呂に入れたらお嫌でしょ？　だから今日はこれで許してください」

――彼は、天暁さまの親族か何かなのかしら。そうでなければ、皇子に対してこんなくだけた態度で許されるはずが……

「お嫁さま、初めましてです！　ボクは浩然です。お嫁さまのおきつの……おつきの……？」

足を止めた天暁が、楽しげに笑い声をあげて麗媛に顔を向ける。

「彼は、あなたのお付きの侍女となる小芳《しょうほう》の弟だよ。名前は浩然、年齢は今年十一歳だ」

視線だけで「下りて話をするかい？」と尋ねてくるのは、彼の特技なのだろうか。言葉で尋ねられずとも、言いたいことが速やかに伝わってくる。

こんな感覚は初めてで、麗媛はかすかに頷《うなず》いた。すると、やはり予想通りだったらしく、天暁がそっと地面に足を下ろしてくれる。

小さな子と接したことはないが、浩然は年齢よりも幼くかわいらしい少年だ。少し緊張しながら、麗媛は浩然に声をかけた。

「初めまして、わたしは蓉《よう》麗媛です」

つとめて事務的に、けれど皇子の妻になる女性として冷たすぎる印象にならないよう、ゆっくりと話すよう心がける。

「麗媛さま！　ボク、先に行ってお風呂にお花を浮かべてきます。薬草も入れるから、きっと気持ちいいですよ！」

元気いっぱいに跳ねながら、浩然が花を振り回して駆け出した。

「これから、仲良くしてください！　美人のお嫁さまが来て、ボクも嬉《うれ》しいですー」

振り返り、大きな声で叫ぶ小さな体を見送り、彼がただの下働きの少年であることをようやく理解する。

つまり、天暁は身内でもない少年と親しげに話していたということだ。

――この国では皆がそうなのかしら。だとしたら、わたしの無愛想はいっそう悪目立ちしてしまう。

今とて、無垢《むく》でかわいい浩然相手に笑みを浮かべぬよう、かなり気を遣って会話をした。まかり間違っても、相手と近づきすぎないよう。何があろうと、相手を愛《いと》しく思わぬよう。

麗媛にすればごく自然な、ほかのひとからすればひどく不自然な距離の取り方だ。

「浩然は元気が取り柄で、宮廷の侍女たちからもよく頼まれごとをしているんだ。あなたも何かあれば声をかけてごらん」

「……はい、わかりました」

優雅で明瞭な天暁の声に、静かに首肯《しゅこう》して言葉少なに会話を終える。それから麗媛は「自分の脚で歩かせてください」と、かわいげなく彼の手をすりぬけた。

――きっと、どれほどすげない態度をとっても、国と国との約束で結婚するからには、天暁さまはわたしを真国に追い返したりしない。その代わりに、疎ましく思ってくれたらいい。冷たくしてくれれば、わたしも天暁さまに親しみを覚えずにいられるんですもの。

しかし、まず何よりも行き先がわからないことに気がついて、麗媛は身の振り方に悩む。石畳を勝手に歩いて行くわけにもいかず、さりとて「どちらへ行けばいいですか」と問いかけるのも間が抜けている。

天暁に尋ねるのではなく、侍女に教えを乞うなどすればいいのだが――

「麗媛さま、ようこそ紅藍国へおいでくださいました。お初にお目にかかります。麗媛さまのお側《そば》仕えをさせていただきます、小芳でございます。ご挨拶に伺うのが遅くなりまして、誠に申し訳ございません」

両手を前に組み、それより深く頭を下げた侍女がひとり、麗媛の左前方から声をかけてきた。彼女が先ほどの浩然の姉なのだろう。

「どうぞ顔を上げてください、小芳」

声をかけると、明るい黄色の衣を着た侍女が静かに礼から直る。

弟とよく似た面差しの小芳は、髪を左右に大きく結んだ清楚《せいそ》な少女だ。年齢は麗媛とさほど変わらぬように見える。

「こちらこそ、これからよろしくお願いします」

「末永くお仕えさせていただきとうございます。まずは麗媛さまの宮へご案内してもよろしいでしょうか？」

にっこりと笑う小芳が、とても眩《まぶ》しかった。

この国の民は、皆健《すこ》やかそうである。体だけではなく、心が平穏で、明るい国民性なのかもしれない。

――わたしも、普通に生まれていたら、こんなふうに笑うことができたのかしら。

赤い靴を履いた小芳が、麗媛の足元に気を配りながら先導するのを見つめながら、彼女をとても羨ましく思った。誰かを羨ましいと思ったのは、もしかしなくても初めてだ。

孤独な狭い宮のなか、ひとりぼっちでいるときには強く感じずにいられた。比較する相手がいなければ、羨むこともなかった。それを知って、麗媛は自分が恐ろしくなる。

今まで感情を殺すことができたのは、麗媛が多くの感情を知らなかったからなのではないか。だとすると、これから多くのひとに囲まれて、様々な経験をすることで、自分は自分を保てなくなる。誰かを愛《いと》しく思う日も来るかもしれない。

――わかってる。それは許されないことだわ。

蓉麗媛は、孤独を友とすることでしか周囲の人々を守ることができないのだから。

しつこいまでに自らに言い聞かせ、朱夏城の南側にある朱塗りの大門方面へ歩いていく。遠く大門が見えたところで、真新しい離宮が建っていた。

側壁は白く、金色で鵬《おおとり》が描かれた朱色の扉が鮮やかなそれを見ていると、彼女の背にそっと天暁の手が触れる。

「麗媛、よそ見をしていると危ない」

「申し訳ありません」

小さく礼をしてから、わざとらしくならないよう気をつけて距離を取った。彼の手のぬくもりは、麗媛には残酷な代物である。

――紅藍では、わたしの呪いについては知られていない。だから皆、優しくしてくれるのだわ。

自分から意図して心を閉ざさなくては、彼らは優しすぎる。

気を引き締めようとした矢先、小芳が立ち止まり、笑顔で麗媛に話しかけてきた。

「こちらが麗媛さまのお住まいとなる、夏鵬宮《かほうきゆう》でございます」

なるほど、鵬の描かれた扉はその名に相応《ふさわ》しい。だが、こんな立派な離宮をあてがわれるとは思ってもみなかったので、麗媛は驚きに言葉を失いかけた。

意匠を凝らした玄関に足を踏み入れると、室内の柱にも鵬が彫られているのが見える。こちらもあちらも、見ればひとつずつ鵬は異なる角度から描かれており、職人の気概が感じられた。

外廊とつながる六角形の房間《へや》は、開放的な造りになっていて明るい陽射しが入り込む。その外廊に出ると、小さな花壇に緑が芽吹き、奥の畝《うね》には胡瓜《きゆうり》と茄子《なす》が実をつけていた。

外廊を少し離れた先には、小造の四阿《あずまや》が建っている。

「院子《なかにわ》の花壇は先週種を蒔《ま》いたばかりなので、まだ花が咲くまで時間がかかりそうです。その代わりと言ってはなんですが、浩然が花を摘んでまいりますので、お好きな花がありましたらお教えくださいましね」

弟の浩然もすでに麗媛と挨拶を交わしたことを知っているのか、小芳がそう言って次の間へ案内する。麗媛が表情を変えずについてくることを、小芳は特に気にしてもいないらしい。

「小芳は、熟練の官女にも負けないほどしっかりしている。あなたをお迎えするために、この宮もほとんどひとりで手入れをしていたはずだよ」

それまで黙って隣を歩いていた天暁が、楽しげに声を潜めて話しかけてくる。

彼らにとっては、大国である真国から公主《こうしゅ》が嫁いできたことは喜ばしいことなのだろう。

——せっかく小芳が準備をしてくれたのなら、お礼を言うべきだけど……

笑い方など、麗媛はもうとうに忘れてしまった。いや、もし笑うことができたとしても、そうすることが得策とは思えない。

「この奥が浴室です。麗媛さまはお疲れかと思いますので、よろしければお体をあたためてお休みになってはいかがでしょうか？」

問いかけられたものの、自分で何かを決断したことのない麗媛は、少々狼狽《ろうばい》して天暁に視線を向ける。真国で暮らしてきた十七年、決定権は常に異母兄にあった。

——それに、浴室というのはどういう場所なの？　体をあたためるって、湯で洗うということ？

真国には入浴の文化はない。少なくとも、麗媛はそういった方法で体を清めたことはなかった。

井戸の冷たい水と、体をこするための目の粗い布を用いていたが、小芳の言う『浴室』とは
——

「麗媛、浴室では浴槽に湯を張って浸《つ》かるんだ。全身があたたまるし、とても気持ちがいい。紅藍は地下に豊富な湯脈があるから、庶民の間でも人気だよ」

当惑する麗媛に、天暁が明るい声で話しかけてくる。

彼の声は不思議だ。初めて会ったときも思ったけれど、初夏の風のように涼やかで、聞いていると心地よい。

「そうなのですか……」

地下から湯が湧く泉があると、書物で読んだことがある。紅藍国はそういった地域なのだろう。

理屈は理解できるが、なんとなく気が乗らない。湯に浸かるというのは、どういう感じがするのか。想像しようと思っても、経験のないことを思い描くのは難しい。

だが、郷に入っては郷に従うべきだ。真冬の夕暮れに井戸水で体を洗うことに比べれば、あたたかい湯に浸かるほうがずっとましに決まっている。

「あなたさえ良ければ、私が入浴の方法を手取り足取り指南しようか？」

作法についてどうすればいいのか考えはじめた矢先、天暁が楽しげに問いかけてきた。渡りに船とばかりに、麗媛は無言で首肯する。

——あまり親しくするのは良くないけれど、教えてもらうくらいは許されるかしら。

ところが、そんなふたりを見ていた小芳が目を大きく瞠《みは》って口元に手をあてた。よく見れば、頬が紅潮している。

どうかしたのだろうかと声をかけようとして、口を開いてから麗媛ははっとした。

今まで、侍女を気遣って声をかけた記憶はない。黄龍城に仕えた侍女たちは、麗媛から声をかけられることを嫌がる節があった。

開いた口を無言のままに閉ざすと、小芳が頭を下げる。

「で、では、将軍さまのお着替えもお持ちいたしますね」

やや早口な侍女に、天暁が平然と頷いた。

「ああ、頼むよ、小芳」

「はいっ」

ぱたぱたと足音を立ててその場を去っていく小芳を見送ったものの、麗媛はなぜ彼女が頬を染めていたのかわからない。

不思議に思って小芳の消えたほうを見つめていたが、不意にぽんと肩に手を置かれた。ここには天暁と自分しかいない。ならば、その手は天暁のものだ。

「麗媛、こちらに。――衣は自分で脱げるか？」

浴室につながる戸を開けると、手前に小部屋があり、天暁の背後にもうひとつ扉があるのが見えた。

「はい、身の回りのことは自分でいたします」

小薇宮《しょうびぐう》に暮らしていたころは、大半の時間をひとりで過ごした。侍女の手を借りずとも、着替えや簡単な髪型を結うこともできる。

高貴な身分の人間は、そういったことをすべて侍女に任せるのだと聞くが、天暁はそうではないのだろうか。

「では、まず浴室に入る前にここで衣を脱ぐ。小芳に頼んでくれても構わないんだが、今日は私が手伝おう」

背の高い天暁が、少し膝を曲げて麗媛の上衣に手をかけた。

――自分で脱げると言ったのに、なぜ天暁さまが……？　紅藍国では衣の着脱にも、異なる作法があるのかしら。

かすかに眉根を寄せ、麗媛は身を硬くする。しかし、天暁が申し出てくれたのに固辞するのは失礼だ。黙ってなすがままにされていると、頭に被った紗布《しゃふ》のついた帽がはずされた。

視界が鮮明になり、麗媛は小さく息を吐く。目の色を隠すため着用してきたものだが、外から見えないと同時に麗媛からも外界が朧《おぼろ》に見える。長時間にわたって目を凝らすのは、なかなかに疲れるものだ。

「やはり、とても美しい瞳をしている」

帯をほどかれ、裳《も》が床に落ちる。装飾品の類も、天暁の大きな手が慎重にはずしてくれるのを、麗媛はひどくむず痒《がゆ》い気持ちで見つめていた。

考えてみれば、侍女に着替えを手伝ってもらったことはあるけれど、男性に脱がされるのは初めてだ。だから、何か気恥ずかしい心持ちがするのかもしれない。そうだ、そうに決まっている、と自分に言い聞かせる。

でなければ、こんなふうに心臓が大きく音を立てているのはおかしい。病気でもないのに、喉の奥がきゅうと狭まった感じがして、呼吸がしにくくなる。

——きっと、慣れないせいだわ。紅藍国では、こういうことも普通なのかもしれない。もしかしたら、真国でもよくあることで、わたしが知らないだけなのかもしれないもの。

白い単衣《ひとえ》姿になった麗媛を見つめて、天暁がかすかに首を傾《かし》げて微笑みかけてきた。彼が優しいひとだということは、じゅうぶんに伝わってくる。

将軍職にありながら、威張ったところもなければ微塵《みじん》の横暴さも感じられない。臣下にも侍女にも下男にも、天暁は驕《おご》ることなく接している。

けれど、じっと見つめられていると自分が何かを求められている気がして落ち着かない。麗媛は、無表情に口を開く。

「このあとはどのようにすれば良いのでしょうか?」

「ああ、すまない。つい見とれてしまった。なにせ、あなたの体があまりに華奢《きゃしゃ》で、力を入れたらぽきりと折れてしまいそうだったから……」

左手で頭を掻《か》き、少年のようにはにかんだ天暁は、二十六歳よりも若く見える。ともすれば幼くもあるが、男性にそんなことを言うのは不躾《ぶしつけ》だ。

「このままでは髪が濡れてしまう。小芳に言って、何か結うものを持ってこさせよう」

「いえ、結紐《ゆいひも》ならここに」

ほっそりとした手首に巻いていた赤い紐をほどき、片方の端を軽く咥《くわ》える。両手で長い髪を纏めると、麗媛は慣れた手つきでくるりと頭の上に結い上げた。

「驚いた。麗媛はとても器用なんだな」

ふざけているのではなく、揶揄《やゆ》しているのでもなく、天暁が心底びっくりした様子で麗媛の髪を凝視してくる。たかがこれしきのことで、何を驚くことがあろうか。それとも、紅藍の女性は自分で髪を結ったりしないのだろうか。

「別に難しいことではありませんので……」

「へえ、だったらいずれ、麗媛に私の髪も結ってもらおう」

ひとりでうんうんと頷いて、天暁が浴室につながる戸を引いた。

白い湯気が流れてきて、鼻先にふわりと甘い香りがかすめる。大きな盥《たらい》のような容器に、たっぷりと湯が張られていた。

――これが浴槽というもの？　ここに浸かって体をあたためると言っていたけれど、熱すぎたりはしないのかしら。

見れば、湯には花びらが浮いている。先ほど、浩然が摘んできたものだろう。

白木の壁に窓はなく、ほかの房に比べて小さな造りの浴室は、なんとなく秘密の小部屋を思わせる。

「足元が滑るから、気をつけて」

「はい」

天暁に手を引かれ、麗媛は白い足先をそっと浴室に踏み入れた。いつの間にか、天暁も袍《ほう》を脱ぎ、白い単衣一枚になっている。

袍を着ているときよりも、男性的な胸の厚みや肩から二の腕の鍛えられた筋肉が目立ち、なんとなしに目をそらしてしまう。

「では、まず体を湯に慣らそう。急に熱い湯に浸かるのはよろしくないからね」

単衣の上から手桶《ておけ》で湯をかけられると、まっすぐに伸びた背がしなるような気がした。熱すぎずぬるすぎず、体がじわりと内側からほどける感覚に、麗媛は思わず「はぁ……」と小さな声を漏らす。

「とても気持ちよさそうだ。あなたのそんな声を聞くと、おかしな気持ちになる」

天暁にそう言われ、感嘆の声をあげた自分が恥ずかしくなった。

いつもひとりでいたから、誰かがそばにいることをつい忘れてしまう。長旅で疲れた体に、湯が沁《し》み入る心地よさから出た声だったが、相手をおかしな気持ち――つまりは不快にさせようなどと思ってのことではない。

「……申し訳ありません」

言い訳を口にすることを選ばず、麗媛は小声で謝った。

誤解されるのは慣れている。あるいは、誤解ですらないのかもしれない。

理解されないことが麗媛の日常だった。

誰かと心をかわすこともなく、誰かを大切に思うこともなく、誰かを愛することもない毎日。

「なぜ謝るのかわからないな。私が不埒《ふらち》な気持ちを抱いたのは、あなたのせいではないんだが」

言いながら、天暁が引き締まった腕で麗媛を抱き寄せようとした。思わずそれを拒みかけ、伸ばした手をきゅっと握りしめる。

「麗媛？」

「いえ、なんでもありません。どうぞ、天暁さまのお好きになさってくださいませ」

生まれ故郷を遠く離れ、呪われた身を知る者もない。ここでならば、普通の女性として生きていけるのではないかと、夢を見そうだった。

劉権は、その弱い気持ちを見抜いていたからこそ、麗媛を紅藍へ送ったのかもしれない。

──わたしが、この国を滅ぼすことをお兄さまは願っている。だけど、罪もない民を苦しめるなどわたしにはできない。

「お好きにって……。あなたはときどき、とても大胆なことを言う」

「大胆、ですか?」

彼が言わんとすることがわからず、麗媛は上目遣いに天暁を見上げた。

「そうだよ。とても大胆で、とても愛らしい」

ぎゅっと抱きすくめられると、濡れた単衣が肌にはりついて体の輪郭が彼に伝わる。同時に、逞《たくま》しい天暁の体を感じて、麗媛は肩を震わせた。

──男のひとの体が、こんなに硬くて頑健だなんて知らなかった。

「逆らわなくていいのか?」

「先ほども申しました。どうぞお好きになさってください。打《ぶ》つもよし、縛るもよし。痛みには強いほうですから……」

残酷に扱われれば、相手を親しく思う気持ちは持たずに済む。できることならば、あまり痛くないほうがいいが、そんな我儘《わがまま》は言えない。いっそ、天暁に嗜虐《しぎゃく》趣味があればいいとさえ願った。

「あなたはほんとうに不思議なことを言うね。あの夜もそうだった。子どもを授かるのが怖いと言うくせに、私に好きにさせていいのか？」

彼の言葉に、麗媛は息を呑む。

夫婦のすること、唇と唇を重ねるあの行為をされると、子ができるというのならば、それはあくまで避けなければいけない。

だが、いったいどんな理由をつけて彼を拒めばいいのだろう。

すべてを打ち明けるわけにはいかない。劉権が紅藍に攻め入る気でいるなんて伝えれば、真国との同盟に反する。

呪いの話だけをかいつまんで説明すれば、天暁は理解してくれるだろうか。

「――わたしは、呪われた血筋の娘です。父は真帝ですが、母の血が紅《あか》い瞳《め》に宿っています。凶花《きょうか》と呼ばれるこの呪いは、わたしが愛したひとを不幸にし、わたしを傷つけ、苦しめたひとに幸福を与えるものだそうです」

麗媛の語る言葉を黙って聞いていた天暁が、無言で「それで？」と問いかけてくる。

「ですから、どうぞわたしを離宮に閉じ込めてくださいませ。優しいお言葉は必要ありません。美しい衣も、明るい房間も、わたしには過ぎたもの。そして、どうぞ時折、思い出してくださったときには、わたしを傷つけてください。そうすれば、紅藍の民に恵みが……」

事実を明かせば、天暁はもう笑いかけてくれない。今、彼はどんな目で自分を見ているのか。麗媛には、それを直視する勇気がなかった。

誰かを苦しめたくないからといって、自分が痛い思いをするのが楽しいわけはないのだ。優しくしてくれたひとが、拒絶の視線を向けてくれば、呪われた女とて心は痛む。そして、心の痛みは体の傷よりも後を引く。

「――あなたは、そう言われて育ってきたのだね」

けれど、天暁は麗媛を突き放すことも拒むこともしなかった。

「天暁さま……？」

そっと抱き寄せられ、背を撫でられる。

「おやおや、麗媛は私のお願いを聞いてくれないのか。暁と呼んでくれるよう、頼んだはずだよ」

それは、彼が凶花の呪いを知る前の話だ。すべてを知ったあとでも、同じように接してもらえるなど、麗媛は考えてもみなかった。

──わたしの説明が足りなかったのかしら。そうでなければ、自国に災いが起こると言われて何も感じないはずがないわ。

あるいは、天暁は麗媛の言葉を信じていないのかもしれない。紅藍では、紅い瞳の呪いの話も知られていないことを考えると、文化の違いは大きいようだ。

「だいじょうぶ。あなたは何も心配しなくていい」

「ですが……」

「私の言葉を信じなさい、麗媛」

頤《おとがい》に指を添え、天暁がくいと麗媛を上向かせる。

深茶色の瞳が、それまでとなんら変わらぬ優しい光を宿していた。

「その呪いを解く方法を、私は知っているよ。だから、私があなたを傷つけなくとも紅藍に不幸なことなど何も起こりはしない」

「ほ……ほんとうですか？」

解呪の方法があるなど、今まで誰からも聞いたことがない。あったとしても、真国は麗媛を甚振《いたぶ》ることで繁栄していたのならば、呪いを解いてくれようはずもないのだが。

「教えてくださいまし。どうすれば、わたしの呪いは解けるのでしょう。わたしは、もう誰のことも不幸になどしたくないのです。誰のことも、悲しませたくないのです……」

好きだった乳母を思い出すと、麗媛の胸はひどく苦しくなる。唯一、自分に優しくしてくれたひと。その相手を、呪いのせいで病にしてしまった。

「方法を教えてあげることはできない。あなたに教えると、効果がなくなってしまう。けれど、わたしは呪いを解くことができる。これはほんとうだ。だから安心おし。麗媛、あなたはこれから、紅藍で幸せになっていい」

ゆっくりと彼の顔が近づいてきて、吐息が鼻先をくすぐる。そして、初めてのときと同じようにふたつの唇が重なりあった。

――ああ、いけない。これをすると、子ができてしまうのでは……？

しかし、天暁は呪いを解く方法を知っていると言ったのだ。だとすれば、子を成したとしても問題はない。麗媛が娘を産んでも、その娘は紅い瞳を受け継がずに済むのだろう。

「……拒まなくていいの？　子どもができることを、あなたは怖がっていたのに」

ふふっと小さく笑い、天暁がからかうような口ぶりで尋ねてくる。

「呪いは、ほんとうに解けるのですか？」

あまりしつこいのは良くないが、これは麗媛にとって何よりも重要なことだ。

「ああ、解ける。何も心配しなくていい。その代わり、あなたは私の花嫁になってくれるね？」

躊躇《ちゅうちょ》する気持ちもある。

劉権のように、天暁が自分を苛《さいな》んでくれれば、呪いが解けようと解けまいと紅藍は安泰のはずだった。

──でも、この呪いが解けるのなら……わたしは、幸せになってもいいの……？

じんと眼球の奥が痛む。理由のわからない涙がこみ上げて、麗媛は奥歯を噛《か》みしめた。

「暁さまの仰せのままに……」

長い睫毛《まつげ》を伏せ、麗媛はかすかに首肯する。それは、天暁の花嫁となることを自分の意志で受け入れた合図だ。

「ありがとう、麗媛。──では、我が妻となるあなたに、快楽を教えよう」

くるりと体が反対向きにされ、背後から抱きかかえられる。

何事かと慌てる麗媛だが、力強い両腕に抱かれていては抗《あらが》うこともできない。

「ま、待ってください、暁さま……！」

震える声で名を呼ぶと、天暁が耳元で甘く笑う。彼の声は初夏の風のように爽やかだったはずが、なぜか今はひどく淫靡《いんび》に聞こえた。

「もうじゅうぶんに待った。私はね、ほんとうならあの夜にあなたを奪うこともできた。けれどそうしなかったのはなぜかわかる？」

奪うという言葉が何を指すのかもわからぬまま、麗媛は反射的に首を横に振る。長い黒髪の毛先が濡れた単衣にかすめて、やわらかに波を描いた。

「あなたの心が、花嫁となることを受け入れてくれるのを待っていたんだ。そして今、麗媛は私を夫として認めてくれたね。だから、もう待たない。待てない」

布越しに、ふっくらとした双丘が輪郭をあらわにしている。その裾野から、天暁の大きな手が膨らみを持ち上げた。

「この可憐《かれん》な体を、あなたは私の好きにしていいと言う。男にそんなことを言うのがどれほど危険なことか、最初に教えてあげなくてはね」

「暁さま……？　あっ、あ、何を……っ」

何をしようとしているのか、尋ねる言葉尻が高い声で途絶えた。

指腹がすりすりとそれぞれの膨らみの中心に円を描き、麗媛の腰が揺らぐ。

いったいどうしたことだろう。胸を撫でられるだけで、今まで感じたことのない感覚が全身を駆け巡った。

——いいえ、違う。あの夜、唇を吸われたときにも、腰の奥がとても熱くなったわ。

そう、思い出す夜の出来事と似た感覚でありながら、記憶よりもなお強く、そしてなお熱く、麗媛の体は疼《うず》きを覚えていた。

「……ああ、耳朶《みみたぶ》が赤くなってきているよ。麗媛、気持ちがいい？」

気づけば、胸の頂《いただき》はぽちりと白い布に浮き上がっている。自分の体に起こった変化を理解できず、麗媛は黒髪を揺らして声を殺すばかりだ。

「教えてくれないなら、もっとあなたを感じさせるしかないね。こうして――」

止める間もなく、前合わせが開かれる。張りのある乳房がまろび出て、麗媛は目を瞠った。

「こんなことをされても、声ひとつあげないとは……。麗媛、あなたはずいぶんと我慢強い。だけど、我慢などしないで。私はあなたを悦《よろこ》ばせたいんだ」

「よろこ……ばせる……？」

「そう、悦ばせる」

こうしてね、と天暁が親指と人差指で色づいた部分をつまむと、膝の力が抜けてしまう。

「や……、ダメ、ダメです、天暁さま……っ」

思わず、暁と呼ぶよう言われたことも忘れ、麗媛は体をくねらせた。

「どうして？　ほら、ご覧。あなたのここは、こんなに愛らしく凝っている。私に触れられて、熱くなってきているのだろう？」

硬くなった部分の根本をきゅっと擦られて、耳の奥が狭まるような初めての感覚に襲われる。これが快楽というものなのだろうか。

……

――いや……、わからないわ。こんな恥ずかしいこと、今まで誰にもされたことがないもの

冷血公主と呼ばれた麗媛の頬に朱が差し、紅い瞳は薄っすらと涙膜で覆われる。悲しいわけでも痛いわけでもないのに、生理的に涙が滲んできた。

「声を我慢するのはよくないよ。体の望むままに、聞かせておくれ、麗媛」

根本を指腹で拠《よ》るように弄《いじ》っておきながら、返す刀で先端をちょんとつつく。その緩急に、麗媛も我慢できなくなっていた。

「ああ、あ、わたし、おかしくなってしまいます……」

「どうおかしくなるのか、教えて。ここを弄《いじ》られると、どんな気持ちがする？」

触れられるたび、何かが充溢するように乳首が硬くなる。それは、麗媛の佚楽《いつらく》に比例して、息が上がるのを止められない。

「痛い……、いいえ、違います。痛いのではなく、何かとても……んっ、ん、あ、くすぐったい……？　ああ、違う、違う……」

浴室にこもる湯気が、頭をぼうっとさせる。

酩酊《めいてい》したように、甘く濁る意識。それに反して、敏感さを増していく体。

感覚を言葉で表そうとするほどに、単語が唇から逃げていく。だが、どの言葉を選んだとこ

ろで今の自分にしっくりくるものはない。

麗媛は、初めて男性に体を自由にされているのだから。

「とてもかわいい答えだね。あなたの声を聞いているだけで、私も滾《たぎ》ってくるよ」

左手は乳房を弄《まさぐ》りつつ、天暁の右手がそっと下へ伸びてくる。しなやかな細腰を伝い、鼠径部を指先でつと撫でると、布を脚の間に食い込ませるようにして指が蠢《うごめ》いた。

「んん……っ……！」

内腿で挟み込んだ彼の手が、自分でさえ触れたことのない箇所を探った。

ほんのひと撫で。ただそれだけで、胸とは異なるさらなる快感が、麗媛の全身を駆け巡る。

「ああ、少し濡れてきている。麗媛、脚を開いておくれ。あなたのいちばん愛らしい部分に触れたいんだ」

「そ、そんな……」

そこは汚いから、どうか触れないでほしい。

そう言いたいのに、戦慄《わなな》く唇は言葉を続けられなくなる。内腿の間に、ひどくむず痒い感じがあって、柔肉に食い込んだ単衣の布が邪魔をする。

「平気だよ。私は、あなたを傷つけない。約束しよう。あなたを慈しむと……」

胸から顎へ這《は》い上《あ》がった左手が、麗媛の顎を軽くつかみ、顔を後ろに向けさせた。

優しい瞳で見つめられ、自分が他人の優しさを知らなかったことを思い知らされる。こんなふうに、誰かを見つめたことも誰かに見つめられたこともない。

「――麗媛、あなたに触れさせて」

単衣の裾が割られ、天暁の手が直に肌を這《は》う。湯で濡れた手のひらが内腿に触れると、知らず麗媛の腰が引けた。

「こら、そんなにおしりを後ろに突き出したら、当たってしまうよ」

「当たる……、何に当たるんですか……？」

「……それは秘密。まだ、今日のところはね」

そんなやりとりに気を取られ、彼の手が柔らかな間《あわい》に滑りこむのを止められない。指が亀裂を縦になぞると、麗媛はびくっと肩を震わせる。

「あっ……、や、イヤです、そこ……」

「力を抜いて。麗媛、ここが熱くなっているのがわかる？」

漏らしたわけでもないのに、天暁の指がしとどに濡れていく。自分の体が、自分のものではなくなってしまう気がして、麗媛はいやいやと首を横に振った。

「ふふっ、あなたのように素直なひとでも嘘《うそ》をつくんだね。いいかい、麗媛のここは、私に愛されて濡れてきているんだよ。女性は、気持ちよくなると濡れる。――ね？」

いったん手を持ち上げ、指を麗媛の鼻先に揺らし、背後の天暁が甘く囁《ささや》く。

快楽を教えると言った彼だが、体よりも心に沁みる言葉で、麗媛をおかしくさせる。濡れた指から目をそらし、「恥ずかしいです」と消え入りそうな声で言うと、また彼の手が下腹部へ下りていく。

「もっと恥ずかしいことをするよ。あなたは、もう人形のようになんて振る舞えない。これからは私が、あなたを毎晩感じさせるのだから」

先ほどよりも濡れた部分に、指が入り込んでくる。自分でも届かない、心の深いところに触れられたような錯覚に、麗媛はきゅっと目を閉じた。

「——ここ、わかる？」

人差指が、亀裂の先端をちょんとつついた瞬間、我慢しきれない嬌声《きょうせい》があがった。

「ああ、敏感だね。ここが、とても感じやすいところだよ。もうぷっくりと膨らんできているね……？」

つぶらな花芽を指でくるりと撫で、天暁が耳殻を食《は》む。もう胸には触れられていないのに、乳頭ははしたなく屹立《きつりつ》したままだ。

「あ、ぁ、イヤ、そこ……っ、おかしく……っ……」

「そうだよ。ここを弄られると、あなたはおかしくなってしまうんだ。けれど、何も恥ずかしくなんかない。麗媛がおかしくなる姿を、私は見たいんだよ」

白い腹部もあらわに、和毛《にこげ》の下を撫でられて、麗媛はびくびくと腰を揺らした。

「初めてだと、刺激が強すぎるだろうか。痛くはない？」

もう、返事をする余裕もない。

ただ彼の言葉に頷いて、体の奥からこみ上げてくる奇妙な高揚感を追いかける。

指腹で優しく撫でられると、内腿を伝うほどに蜜があふれてきた。これが愛されるということなのだろうか。

「よしよし、いい子だね。達するまではまだ怖いかな。あなたから接吻《せっぷん》してくれたら、今はここまでにしてあげてもいいよ」

「せ……っ……？」

聞き慣れない言葉に、麗媛は首をひねって天暁を見つめる。

「唇と唇を重ねて、舌を絡ませることを接吻というんだ。先ほど、したでしょう？」

「接吻……」

胸や脚の間を弄られるより、接吻のほうが恥ずかしく思えるのだが、天暁はそうではないらしい。

「……し、します、接吻をしますので、どうぞここまでにお願いします……」

涙目で訴えると、ちょっと困ったように眉尻を下げて、天暁があえかな笑みを漏らす。

けれど、懸命に爪先立って首を伸ばしても、天暁の唇までは届かない。それどころか、麗媛が背伸びするたびに、彼の指が花芽を軽く弾《はじ》くものだから、はしたない声が浴室に響く。

「あなたからしてと頼んだのに、なかなかしてくれないね。ふふ、だったら私がしてあげるよ、かわいい麗媛……」

吐息さえも奪うように、唇で唇をしっかり塞ぎ、天暁は指の動きを速めた。

「――っっ、ん、んん……っ！」

もう、自力で立っていられない。がくがくと膝が揺れ、接吻しながら弄られるとそれまでよりも天暁の与える悦びを強く感じる。

「んん……！」

頭の天辺《てっぺん》から、全身から引き絞られた糸が引っ張られるような感じがした。否、それすらも正しいのかわからない。麗媛にはすべてが初めてで、その感覚を言葉にしようがないのだ。

「ああ、ああ、かわいいよ、麗媛。あなたはほんとうに無垢《むく》なのだね。これから、すべて私が教えてあげよう――」

――わたしは……どうしてこんなことを……？

涙で滲んだ瞳が、次第に瞼《まぶた》で覆われていく。

疲れきった体と甘い愛撫《あいぶ》に、麗媛は天暁の腕のなかで寝息を立てはじめていた。

「本能に忠実なのは悪いことではないよ。だけど、こんなときに眠られてしまうと、私も自信をなくしそうだな」

苦笑してから、天暁は麗媛の体を抱きしめなおす。硬い床に、愛しい花嫁が倒れ込まぬよう、両腕で抱きしめて前髪に唇をつける。

湯に浸かるより前に、麗媛は浴室を出ることになったけれど、彼女自身はそれすらもわからなくなっている。

甘く濡れた心が、ひりひりとせつなくて。

鼓膜を震わせる彼の声が、遠ざかっていく。

「あなたを…………に、して……約束…………」

——なんと仰《おつしや》ったの？　暁さま、今、なんて……？

「もう、離さない」

ぐったりと力の抜けた麗媛を抱き上げて、天暁は幸せそうな笑みを浮かべていた。

◇　◇　◇

この国は、どこもかしこも明るい。

麗媛にとって、生まれて初めて見る光が、紅藍の至るところに溢《あふ》れていた。それは、小薇宮の暗く狭い房間にいた身に、時に眩しさで目を細めるほどだ。

まず、通される房はどこも大きな窓があり、心地良い風が吹き抜ける。真国は水が豊かな国だったが、ここは風の国だ。

けれど、いちばん輝いているのは民の表情である。宮廷で働く女官たちは、礼儀をわきまえたうえで、本質的な明るさを余すところなく発揮している。

「あら、小芳。あなたまた縮んだんじゃないの？　いつまでたっても成長しないわねェ」

紅藍に来て三日、麗媛は婚儀の準備に呼ばれた。麗媛づきの侍女である小芳も当然一緒だ。

見知らぬ国で麗媛が不安にならぬよう、天暁が「どこへ行くにも必ず小芳を同行させること」と命じたのだ。皇子である彼が命ずることならば、麗媛が逆らう理由はない。

「敏敏《びんびん》さん、ひどいです。わたしだって少しは大きくなりましたよ？　ほら、見てください。以前にエイシャさんからいただいた裳が、少し短くなっているでしょう？」

表情のない麗媛とは逆に、小芳は清楚でありながら愛想の良い娘だ。誰もが小芳に声をかけ、彼女をからかいたがる。

「アイヤー、それは布が縮んだのヨ。ホラ、宮廷に来たばかりのころにも、洗濯に失敗したことがあったじゃないか」

「昔の話を持ち出すのは意地悪ですよ！」

麗媛のために準備された婚礼衣装の試着と直しが目的だったが、集まった女官たちは小芳に話しかけては楽しそうに笑っていた。

――小芳がわたしのぶんまで社交的でいてくれるから助かっているけれど、暁さまはそれを見越していたのかしら。

まだうまく他人との距離感がつかめない麗媛には、小芳のような会話はできない。

よく言えば明るく、歯《は》に衣着《きぬ》せぬ言い方で表せばかしましい女官たちの声を耳に、麗媛はふっと息を吐く。もしかしたら、真国の女官たちとて、麗媛の見ていないところではこんなふうに話していたのかもしれない。自分の呪いを知らないからこそ、彼女たちは今こうして――

「麗媛さま、とてもお美しゅうございます……！」

赤い衣を纏《まと》った麗媛を見て、小芳が二度三度と睫毛を瞬《しばたた》いた。頬を染めた侍女の顔を見て、思わず自分のうちにあった暗い気持ちが霧散する。

「そ、それはこの婚礼衣装が美しいから……」

謙遜する麗媛の背中を、中年の女官がパンッと軽く叩《たた》いた。

「何を仰るんですか、麗媛さま。どこに出しても恥ずかしくない、自慢のお嫁さまだと将軍さまが惚気《のろけ》ていらっしゃいましたよう！」

華奢な麗媛は、軽く叩かれただけでもよろけそうになる。その体を慌てた小芳が支えた。

「姐《ねえ》さんたち、麗媛さまは奥ゆかしい方なんですから、もっとご丁寧にしてくださいまし」

食が細く、いつも青白い顔色の主を、小芳はひどく心配している。麗媛にすれば、真国にいたころよりもずっと健康的な生活を送っているのだが、こんな活気に溢れた女たちのなかで育ってきた小芳ならば、心配するのも無理はない。

「これ、あなたたち。お喋《しゃべ》りが過ぎますよ。――麗媛さま、裳の丈をもう少し出しましょう。これでは歩いたときに足首が見えてしまいますからね」

女官長が、そう言って麗媛の足元に静かにしゃがみ込む。さすがに女官長に注意されて、ほかの女たちは少し声を小さくしたが、完全に黙ることはなかった。

「それにしても、浮いた噂《うわさ》のなかった将軍さまが急に結婚なさるっていったときは驚いたわね」

「誰にでもお優しいから、特別なお相手がいるなんて思えなかったものねェ」

「だけどサ、あの真国との同盟をほんとうに成立させちゃうんだから、普段はニコニコしていても、やるときゃやる漢《おとこ》よ」

麗媛の足元に小芳がしゃがみ込み、女官長の指示に従って裾の長さを確認する。そうしている間にも、女官たちが話す天暁の噂話が気になって、麗媛はつい耳を傾けていた。

「麗媛さま、このくらいの丈でいかがでしょうか？」

急に小芳から声をかけられて、はっとする。いけない、今は婚礼衣装の調整をしなくては。

「え、ええ、いいと思います」

試着をし、髪の結い方を何通りか試し、やっとこれで解放される、と麗媛が安堵《あんど》したのを知ってか知らずか、女官長が小さく頷く。

「麗媛さまは少しお疲れのご様子、そろそろお茶の準備を。敏敏、お願いできますね？」

「はい、かしこまりました」

婚礼用の赤い衣を脱ぎ、淡桃の衣と紅色の裳に着替えたとき、出入り口にひょこっと少年が顔を出した。

「あら、浩然、今日は来ちゃダメって小芳に言われなかったの？」

女官のひとりが気づいて、浩然に近づいていく。宮廷で働く者たちから用を言《こと》づかっている浩然は、いつもいろいろなところに顔を出すが、さすがに麗媛の衣装合わせを覗《のぞ》くのはまずい。

「聞いてたから、お茶の準備が始まるのを待ってたんです！　敏敏姐さんに、薬草を届けにきました」

擦りむいた膝に血を滲ませ、鼻先に土をつけたままの浩然がにっこり笑うと、女官たちが

「仕方ないわねえ」とつられて笑顔になる。いつも凛《りん》とした女官長でさえ、浩然の笑顔にはかなわない。

「麗媛さま、浩然をあげてもよろしいですか？」

けれど、姉である小芳は少し困った様子で麗媛に許可をとる。誰からもかわいがられる天真《てんしん》爛漫《らんまん》な浩然だが、姉である小芳ならではの苦労もあるのかもしれない。

「ええ、もちろんです。浩然にもお茶の準備をしてあげてください」

出入り口まで弟を迎えに行った小芳が、手巾《しゆきん》を取り出して汚れを落としてやる。鼻、頬、背中に膝、最後に頭を軽く払ってから、小芳が浩然を房間に入れた。

「麗媛さま、ボク、お花を届けに来ました！　はい、どうぞ」

浩然が差し出したのは、薄い橙色と桃色の花弁が愛らしい天竺牡丹《てんじくぼたん》だった。

「これをわたしに？」

放射状の花弁が球体の花となっている、珍しい天竺牡丹は、浩然の顔ほどの大きさである。

「今日は、少し遠くまで薬草を摘みに行っていたんです。厨房《ちゆうぼう》の姐さんたちに頼まれたぶんもあるから、たくさんじゃなくてゴメンナサイ。でも、この桃色が麗媛さまみたいにキレイだったので」

「わたしみたい、ですか……？」

咲き誇る美しくも繊細な天竺牡丹が、自分のようだなんて、麗媛にはとても思えない。夏に咲く花は生命力に溢れ、強く大きく花弁を広げる。

「はい、麗媛さまみたいです！　でも、きっと婚礼のお衣装を着たら、天竺牡丹より麗媛さまのほうがずっとずーっとキレイです！」

無邪気な笑顔を前に、麗媛は思わず力が抜けそうになった口元を袖口で隠した。背後で女官たちが、ころころと笑っている。

「浩然ったら、麗媛さまに夢中なんだから」

「小さくても男だからね。アンタみたいな守銭奴より、愛らしい麗媛さまに懐《なつ》くのサ」

「どういう意味だい？」

——この国のひとは、皆とても優しい。わたしに花をくれる浩然も、明るい女官たちも、そして暁さまも……

そのとき、自分の口元に奇妙な感覚があった。自然と口角が上がりそうな、なんとも言えない動き。

——これは、笑うということ？

思わず、ひとに見られていないことを確認してから、麗媛は口元を袖口で覆う。

紅藍の女たちは、いつも明るく笑っている。その笑顔に囲まれることには少しだけ慣れてきたが、自分も同じように笑えるのか、麗媛にはまだわからない。

——わたしは、笑い方を知らない。

「……ありがとう、浩然。お花はあとで夏鵬宮に飾らせてもらいますね」

「はいっ！」

曖昧にごまかして、麗媛は少しだけ目を伏せた。

いつか、自然に笑える日が来るだろうか。この国で生まれた女たちと同じように——

そう思ってから、自分が後ろ向きであることに気づいて、麗媛は咄嗟《とつさ》に顔を上げる。いけない。暗くなっている場合ではない。

「どうしたんですか、麗媛さま？」

不思議そうに浩然が見上げてくる。くりくりと大きな目を見つめて、麗媛はごくりと唾を呑《の》んだ。

——わたしも、ここで生きていくんだ。暁さまはそうすることを望んでいるんだわ。それに、ふたりの子どもは紅藍で育つのだと、以前にも言われた。

勇気を振り絞って、麗媛は頬の筋肉に力を込めた。それから、口をにいっと横に開く。笑うというのは、こういう顔のはず。

しかし、そんな麗媛を見て浩然が怯《おび》えたように後ずさった。

「おっ、お姉ちゃんっ、大変だよ！　麗媛さまが、麗媛さまが引きつけを起こしてるよっ！」

「えっ、麗媛さま、どうされたんですか⁉」

わらわらと集まってくる女官たちの姿を見て、麗媛は黙ってうつむいた。

笑顔は、まだ難しい。

◇◇◇

夜闇が夏鵬宮を包み込む。三叉《さんさ》の燭台に火が灯《とも》り、橙色の光が閨房《けいぼう》をあたたかく照らしていた。

入浴を終えて、夜着に着替えた麗媛は、昼間のことをぼんやりと思い出している。

――どうしたらうまく笑えるのかしら。最初、浩然はわたしが笑ったと言ったはずなのに、がんばってみたら引きつけを起こしていると勘違いされてしまった……

真国にいたころは、誰かの笑顔というものもあまり見たことがなかった。紅藍に来てから、明るい表情の女性たちに囲まれて、それを『笑顔』だと思っていたけれど、自分の認識が間違っているのだろうか。

寝台のうえで脚を伸ばし、指先で頬に触れてみる。薄い皮膚は、いつもと変わらぬ感触だ。

鏡を見ずとも、なんら変化がないことはわかる。

――頬の肉がきゅっと上がって、口の端が横に……それから、笑い声をあげて……

練習あるのみと、麗媛が手で顔を固定したまま、笑い声をあげてみようとしたときだった。

「おや、珍しい。何かの美容法かな？」

小芳に案内されてやってきた天暁が、ふふっと小さく笑った。

「ぎょ、暁さまっ……。いえ、あの、なんでもありません……」

恥ずかしい姿を見られてしまい、麗媛は慌てて寝台のうえで座り直す。まっすぐに天暁を見られない。だから、こっそりと彼の様子を窺《うかが》った。

どこかへ出かけた帰りなのだろうか。天暁は、この時間になっても盤領袍《ばんりようほう》姿だ。いつもは結わえている髪を下ろしているのと、長靴が緩めてあるところを見ると、疲労しているのかもしれない。

「麗媛さま、差し出がましいかとは思いましたが、浴槽の湯を新しく張っておきました」

深く頭を下げ、小芳が報告する。

先刻、麗媛が使った湯を、今夜のうちに入れ替える必要などないはずだ。

「お湯を……？」

「はい、将軍さまはお疲れのご様子でいらっしゃいます。よろしければ、今夜は夏鵬宮でお体を休められてはいかがでしょうか？」

幸い、将軍さまのお着替えもこちらに準備がございます――と、小芳が急いでつけたす。

「ありがとう、小芳。せっかくだから、今夜はこちらに泊まらせてもらうよ。麗媛、いいかい？」

急に話を振られて、麗媛は夫となるひとを見つめたまま首肯する。なぜかわからないのだが、天暁といると安心するのだ。彼が自分を小薇宮から救い出してくれたからなのか、あるいはその人柄のあたたかさのためなのか。

――それとも、夫婦になるということに安心しているからなのかしら。

「先に、何か軽くつまめるものを運んでくれ。今日は一日出ずっぱりだったからね。腹が減ってしまった」

「かしこまりました」

深くお辞儀をしてから、小芳が房間を出て行く。残された麗媛は、自分だけが寝台に座っているのが居心地悪くて、なんとなしに立ち上がった。

「どこか、遠くへ行かれたんですか？」

まだ、このあたりの地理には明るくないが、麗媛も少しずつ勉強しているところだ。

「洛壕《らくごう》で、先日から内乱が続いていてね。手前の文洛《ぶんらく》まで様子を見に行ったんだ」

「内乱……」

紅藍の民は、麗媛が知るかぎり皆明るいが、この国は若いせいもあってまだ国内の小競り合いが激しい。活気があるということは、争う体力もあるということにつながる。

「ところで、その天竺牡丹は浩然が摘んできたのかな。見事に咲いたものだね」

「はい、今日の衣装合わせのときに――」

天暁に促されて、麗媛は長椅子に腰を下ろす。すると、彼女の膝の上に天暁がごろりと頭をのせて横になった。長い足が椅子からはみ出ている。

「暁さま、なにを……？」

「少しだけ、あなたに甘えさせて。こうしていると、なんだか安心する」

赤銅色の髪が麗媛の眼下に波を打つ。少し砂埃《すなぼこり》の匂いがするのは、彼が馬で駆けてきたからだろう。

「それで？　今日の衣装合わせの話を聞かせておくれ」

指でそっと彼の髪を梳《す》きながら、麗媛は昼間の出来事を語りはじめた。真紅の衣装を身につけたのは初めてだったこと、あまりに鮮やかで驚いたこと、髪の結い方も国によって異なると知ったこと、それからうまく笑えなくて浩然を驚かせてしまったこと――

「引きつけだと思われたのかい？　ほんとうに？」

天暁は、麗媛の膝に頭をのせたまま、くっくっと楽しそうに笑いだした。

「はい、少し後悔しました。今後は、まず鏡の前で練習を積むことから始めようかと……」

「どれ、私にも見せてごらん」

頬にそっと彼の指が触れる。つい先ほど、自分でも筋肉の動きを確認しようとして、同じ部分に触れたというのに、そのときとはまったく違って感じる。天暁の指が頬を撫でると、心臓が大きく鼓動を打つのだ。

「で、できません。暁さまを怖がらせるかもしれません」

「それほどすごいのかい？　そう聞くと、ますます見たくなる。ねえ、麗媛。少しだけ、いいだろう？」

「ダメです……！」

そんなやりとりをしていると、小芳が盆に鶏粥《とりがゆ》と酒を運んできた。控えめな侍女は、用事を済ませるとすぐに姿を消してしまう。

「ああ、残念だ。私もあなたの笑顔を見たいのだけどなあ」

起き上がった天暁が、いつの間にか脱いでいた長靴を履き直すと、長い髪をかき上げた。

「今はまだ、その赤くなった頬だけで満足するとしよう。――さて、あなたとゆっくり夜を過ごすためにも、腹ごしらえをしなくてはね」

茶目《ちゃめ》っ気《け》にあふれた表情でそう言って、かすかに湯気の上がる粥《かゆ》が置かれた卓へ歩いていく。

飄逸なところのある天暁は、表情が豊かだ。いつも笑っているように思うが、その笑顔にもいくつか種類があるのだろう。

――わたしも、暁さまのような人間になりたい。誰からも嫌われない、誰からも憎まれない、そんなひとに……。

長椅子に座ったまま、麗媛は天暁の背中に憧憬の眼差《まなざ》しを向けた。


食事を終えて、湯を使った天暁は、湿った髪のままで閨《ねや》に戻ってきた。夜着を纏った彼は、袍姿のときよりも少し幼く見える。

「まだ起きていてくれたんだね」

長椅子に座って、扇で涼んでいた麗媛は、なんと返事をしていいのかわからず、小さく頷いた。

「旦那さまより先に眠ってはいけないと、女官長が教えてくれました。ですが、その……」

「うん？」

麗媛と目線を合わせようと、天暁が長椅子の前にしゃがむ。水滴が一滴、彼の前髪から額へこぼれた。

「待っている間は、どのように過ごすべきなのでしょうか。女官たちに尋ねたら、寝台に横になっていたほうがいいと言う者と、蘭麝《らんじゃ》の香を炊いておいたほうがいいと言う者と、ほかにもいろいろな意見があったのです」

真剣に尋ねた麗媛を見て、天暁が嬉しそうに目を細める。彼がなぜそんな顔をしたのかわからず、麗媛はますます混乱した。

「そうだねえ、私はあなたが楽にしていてくれるのがいい。緊張したり、疲れたりするより、麗媛が気を休めて待っていてくれたらありがたいな」

大きな手が、優しく頭を撫でてくる。自分が幼い子どもに戻ったような気がするのは、こんなときだ。

一日、内乱の制圧に向けて働いてきた天暁だというのに、麗媛にはただ休んでいろと言う。彼だけが負担を背負い、自分は気楽に過ごすなど、悪いことをしている気持ちがする。

——そうだわ。敏敏が言っていた。旦那さまを癒やすには……

麗媛は、少しだけ勢いをつけて口を開く。なんとなしに恥ずかしい気がしたのだ。

「では、夜着はつけたままが良いですか？　それとも脱いでお待ちすべきなのでしょうか？」

すると、天暁が目を大きく瞠った。

「参った。——ねえ、それは意味がわかって言っている？」

「意味……ですか？　申し訳ありません。あの、女官から聞いただけで、意味までは――……きゃあっ」

突然、強く抱きしめられ、麗媛はか細い悲鳴をあげる。けれど、その声は天暁の胸に吸い込まれて、夜の帳《とばり》を揺らすこともない。

「ああ、ほんとうに参った。私の愛らしい花嫁に、そんなことを教える者がいるとはね。あなたがどれほど純粋か、知っているからこそそのいたずらなのだろうが……」

麗媛を抱いたまま、天暁は寝台へと歩いていく。彼は上背こそあるものの、それほど太い腕や分厚い胸をしているわけではない。だが、初めて紅藍へやってきた日もそうだったが、いつも軽々と麗媛を抱き上げてしまうのだ。

「申し訳ありません、暁さま。困らせてしまうようなことを申したでしょうか」

「謝ることはないよ。あなたは素直すぎるだけだ。ただ――今夜はいたずらの罰として、たくさん接吻させてもらう」

あなたがどれほど恥じらってもね――

寝台に下ろされた麗媛は、胸が苦しくなるのを感じた。唇と唇を重ね、舌と舌を絡ませあう。あの行為をするのだと思うと、それだけで息が上がる。

「覚悟はいいかい、麗媛？」

「……は、はい、暁さま……」

足枷はもうない。宮廷内のどこへでも自由に行くことができる。あたたかい食事と、風の通る明るい房、そして活気にあふれた人々と、赤銅色の髪の優しい天暁。

――暁さまになら、いくらでも罰していただいてかまわない……

麗媛は目を閉じ、彼のくちづけを待った。

「あなたはどうしてそんなに素直なのだろうね」

頬に天暁の指が触れて、麗媛はかすかに体を硬くする。

「素直……ですか？」

「私に何か恐ろしいことをされるかもしれないと、警戒することはないのかな。しどけなく横たわる姿を前にすると、それなりにこみ上げるものがある」

彼は麗媛に話しかけているというよりも、どこかひとりごちるようにそう言ってから、ふっと優しく微笑みかけてくる。

――こんなに優しい方が、恐ろしいことをなさるとは考えられない。

紅い瞳でじっと天暁を見上げていると、彼は少しだけ戸惑ったように視線を泳がせた。

「ほら、またそんな目で見て。困惑してしまうな」

そう言われて、自分の瞳がいかに不吉なものかを思い出す。麗媛は、紅い瞳のせいで天暁を戸惑わせてしまったと思い、慌てて目をそらした。

「申し訳ありません、暁さま。こんな目で見てしまって、ご気分を害して……」

「そうではないよ。あなたの瞳があまりに純粋で、引き寄せられてしまうんだ」

——呪われた、この瞳が？

彼の言う意味をうまく呑み込めず、麗媛はおそるおそる天暁の袖口に触れてみる。振り払うことなど、彼はしない。麗媛をただ優しく見つめていてくれる。

「わかってくれたかい？　あなたを見ているとね、唇を重ねたくなる。小さくて愛らしい唇を、もっと味わいたくなるんだよ」

「暁……さま……」

吐息が唇にかかるほどの距離まで顔を寄せ、天暁がゆっくりと顔を傾けた。重なるふたつの唇は、なぜかひどくしっくりくる。

「ん……」

喉元までせつなさがせり上がり、麗媛は小さく喘《あえ》いだ。

「いいのだよ。もっと声を聞かせておくれ。それとも、あなたが我慢できなくなるまで、口づけようか……」

赤い舌先がちろりと麗媛の上唇を舐《な》める。その感触にびくりと肩を揺らせば、今度は下唇を甘噛みされた。

――ああ、イヤ。なぜこんなに息が速くなるの？　恥ずかしいのに、おかしな声が出てしまう。

黒髪が敷布の上でゆるりと波を打つ。それを指で梳いて、天暁が先ほどよりも接吻を深めた。心のもっともやわらかいところを、彼の舌がなぞっているような錯覚がする。甘く舌を吸われれば、細い指がわななく。何かにすがりつこうと天暁の衣をつかみ、麗媛は鼻から抜ける自分の声を聞いた。

「ふふ、頬が赤くなっているね。教えて、麗媛。あなたは私に接吻されるとどんな気持ちがする？」

「わ、わたし……、胸が苦しくなります……」

「ここ？」

彼の手のひらが、さするように麗媛の胸を布越しに弄《まさぐ》る。

「ぁ、あっ……」

優しく撫でてもらっているというのに、触れられた部分がいっそうせつなさを増した。それどころか、喉が詰まるような感じがして、息もうまくできなくなる。

「どうした？　さっきよりも苦しそうな顔をしている。あなたが苦しいなら、一晩中でもさすってあげようか……？」

「や……、んっ……、暁さまに触れられると……、あ、あ、おかしく……」

頂《いただき》がはしたなく屹立するのが、自分でもわかった。つんと凝ったところが、もどかしいような疼きを訴える。

「おかしくなってもかまわないよ。あなたは私の妻になるんだからね。いつでもほんとうの気持ちを言っておくれ。かわいい麗媛」

こんな気持ちも感覚も知らない。

真国で異母兄に折檻《せっかん》されたときは、ただ痛みだけが麗媛を支配していた。痛いことは苦しいこと。

——けれど、暁さまは優しくしてくださるのに、どうしてわたしの胸は苦しくなるの……？

布越しにもわかるほど硬くなった胸の先端を、天暁が爪で引っかく。すると、触れられた部分ではなく腰が跳ねるのを止められない。

「ああっ、ダメ、ダメです、暁さま……っ」

「いいよ。何もいけないことなんてない。あなたはほんとうに無垢で、素直なのだね」

快楽に震える唇を、天暁が甘い接吻で塞いだ。夜は長く、口づけは深く、そして彼は優しく、麗媛の心と体を翻弄していく。

天暁は婚儀の前夜まで、毎晩夏鵬宮に来て麗媛を抱いて眠った。むき出しの心をなぞるような接吻と、胸への愛撫、それに疲れて麗媛が目を開けられなくなると、彼女の華奢な体を朝までしっかりと抱きしめて――

◇◇◇

迎えた婚儀当日、国中から集まった賓客《ひんきやく》の多くは屈強な体躯《たいく》の男たちである。髭《ひげ》を蓄え、麗媛の二倍も三倍もありそうな体つきの将軍や領主の姿に、最初は驚いたものだったが、彼らがこの国の礎《いしずえ》となって働いていることを思うと、怖がってばかりもいられない。

真紅の婚礼衣装に、金の装飾品を纏った麗媛は、紅藍の皇子である天暁の花嫁として恥じない態度を心がけた。

前日まで、女官長がつきっきりで婚儀での振る舞いを教えてくれたおかげもあり、大きな失敗もせず儀式を終えることができた。いつもはかしましい女官たちも、今日ばかりは皆神妙な面持ちで働いている。

朱夏城の大広間で宴《うたげ》が始まる前に、天暁とふたりで皇帝と皇妃に結婚報告をした。そのとき、初めて麗媛は天暁の父と対面し、皇帝の髪色が赤銅色ではないことを知った。

おっとりとした皇妃は、ふたりの結婚を心から喜んで祝いの品を準備してくれていたが、彼女は天暁の産みの母親ではないらしい。

では、天暁の母親はどこにいるのだろう。少しだけ気になったけれど、彼が言わないことならば自分から聞くのも気がとがめる。麗媛は疑問をそっと胸にしまいこんだ。

皇帝との謁見のあと、宴には男性のみが参加すると聞いていたので、麗媛はいったん天暁と別れて夏鵬宮へ下がった。この日のために浩然が摘んできてくれた色とりどりの天竺牡丹が、ところせましと房を賑《にぎ》わせる。

——あとは、天暁さまがお戻りになるまで、決してこの布を上げないこと。

女官長の教えを忠実に守り、今日を乗り切ることができた。最後のひとつは、ある意味でもっとも難関である。

豪奢《ごうしや》に結い上げた髪には、金の歩揺《ほよう》と髪飾りがふんだんに使われていて、ともすれば首が痛くなるほど重い。そこに、瞳と同じ色の真紅の紗織布《しやおりぬの》を被っているため、身動きするにも難儀なのだが、この布は初夜に夫が上げるまで、決してはずしてもめくってもいけないという。

黄土一《こうどいち》と呼び名の高い牡丹——百王《ひやくおう》の生花を飾った布が、今も麗媛の顔の前に垂れている。

衣装よりも薄く軽い布ではあるが、これがあるかぎり、髪をほどくこともできないし、まして歩揺を抜くことも不可能だ。背中側は、腰下まで垂れていて、椅子に座るときに苦労する。

「麗媛さま、お疲れでございましょう。お茶をお持ちしますか？」

小芳が燭台を手にして問うた。侍女も今日ばかりは、いつもより華やかな装いである。

「ありがとう、でも今はいりません。小芳も疲れたでしょう。少し休んでください」

侍女を下がらせると、麗媛は閨房へ向かう。今夜はこれから、夫婦の契りを執り行うのだ。

とはいえ、麗媛には具体的な内容がわかっていない。それをすることで、子を授かるのだと女官長は言っていた。ならば、すでに天暁とは抱きあって接吻することを済ませているので、結婚前にしてしまったことになるのだろうか。

『心配はいりません。恐ろしいことではないのです。不安でしたら、天暁さまに身を任せるのがよろしゅうございます』

女官長がそう言うからには、余計な口を挟まぬほうがいい。あとは、閨房で夫の訪れを待つのみである。

――正装した暁さまは、いつもよりずっと凛々《りり》しくて、ほんとうに皇子らしいお姿だった……。

白衿に真紅の衣が鮮やかで、襟ぐりと袖口には紅藍国の皇族のみが許された睡蓮《すいれん》の紋章が刺繍《ししゅう》された衣装に、黒の烏紗帽《うしゃぼう》をかぶり、婚礼用の飾り刀を佩刀《はいとう》した天暁は、絵物語の青年のようだった。彼を見つめる女官たちが、小声で「仙人郷《せんにんきょう》にもあれほどの方はいらっしゃらないでしょうに」と言うのを聞いて、麗媛は同意の気持ちを伝えたくなったほどだ。

あの美しい青年が、なぜ自分を妻にと望んだのか、麗媛はまだ知らない。思い起こせば、彼は初対面のときから麗媛のことを知っている素振りだった。

――同盟のために、真国の皇帝の娘を娶ると決めていらしたとしても、劉権お兄さまがわたしの事情をお話になったとは考えにくいわ。では、なぜこの紅い瞳のこともご存じだったのかしら。

それればかりか、彼は凶花の呪いを解く方法まで知っているという。やはり、麗媛の知らないところで天暁は自分を見知っていたのではないだろうか。

しかし、それこそまさかである。なにしろ、麗媛は紅藍へ嫁ぐまで宮廷の門から外へ出たこともなかった。彼と出会う機会など、十七年の人生で一度もなかったはずだ。

――では、どうして？　どうやってあの方はわたしをお知りになったの？

燭台の灯《とも》りが、丸い鏡に麗媛の姿を描きだす。麗媛はそっと近づいて、薄闇のなかでも紅い己の瞳を見つめた。鏡のなかの自分が、じっとこちらを見つめ返す。

どれほどの間、そうしていただろう。

閨房の入り口にある燭台の火が消えた。すると、房内の闇が濃くなった。

「――麗媛、遅くなってすまない」

声に振り返ると、真紅の婚礼衣装を身につけた天暁が立っている。烏紗帽《うしゃぼう》の紐《ひも》を解き、床に帽子を投げると、新郎は赤毛を手櫛で梳いた。

「暁さま、宴はもう終わったのですか？」

婚儀の夜、新婦の待つ閨に新郎がやってくるのは夜も深まったあとだと女官長から聞いている。賓客たちによる祝賀は長く続き、天暁はなかなか宴を抜けられぬためだ。

「いや、まだ続いているよ。けれど、もう我慢ができなかった。私の花嫁、あなたを抱きたくて来てしまったんだ」

小柄な麗媛の体が、天暁に抱きすくめられる。衣からは蘭麝の香りがした。

「……暁さま、わたしは心より感謝しています。今、こうして足枷もなく暮らしていられるのは暁さまのおかげ。ですが、なぜあなたは――」

わたしと結婚してくださすったのでしょう――

その問いを言い終える前に、天暁の手が顔を隠す紗織布をめくった。紅を引いた唇、金色の耳飾り、そして長い睫毛《まつげ》に縁取られた紅い瞳。

「かわいい麗媛。あなたは何も気にしなくていい。ここには、あなたを傷つける者も、あなたを怖がらせる者もいない。――いや、今夜、私はあなたを泣かせるかもしれないが、それは今だけのことだ」

なくなった。

「え……？　あ、あっ、暁さま……っ」

飾りをつけた左耳に、天暁が唇を寄せる。熱く柔らかな唇に食《は》まれて、腰から下の力が入らなくなった。

「そう、力を抜いて、私に委ねているんだよ」

「何をなさるの……？　あっ、イヤ、そんなところ……」

耳孔にねっとりと舌が這う。淫靡《いんび》な音が直接体のなかへ送り込まれる感覚に、麗媛はびくびくと肩を震わせた。

これまでとは違う天暁の行動に、どうしたらいいのかわからなくなる。夫婦の契りとは、抱きしめあい、唇を重ねることではなかったのだろうか。

「今夜をどれほど待ちわびたか、あなたにはわからないだろうね。麗媛、今からあなたを私のものにする……」

衣の上から胸を弄《まさぐ》られ、装飾品が擦れる音がする。怯えた麗媛が身を硬くしても、天暁は意に介さぬ手つきで刺繍帯をほどいた。百王の花が、床に落ちる。

「イヤ……、怖い……っ」

初めて、天暁にされる行為を恐ろしいと思った。今までは、彼が望むままになんでも受け入れようとしてきたというのに、なぜだろう。

……！

――今夜の暁さまは、どこか違っていらっしゃる。このまま、頭から食べられてしまいそう

体に触れられるのは初めてではない。夏鵬宮へ初めて来た日にも、彼の指であらぬところを弄られた。それまで知らなかった快楽を教えこまれ、唇を吸われ、何も考えられなくなったあの日――

だが、今日の天暁はあのときとも違う。余裕がない息遣いも、少し乱暴に婚礼衣装を脱がせる手も、そして怖がる麗媛を決して離すまいと抱きとめる腕の力も違っている。

「ああっ……」

真紅の衣と裳が引《ひ》き剥《は》がされ、単衣姿になった麗媛は寝台に横たえられた。淡く揺らぐ燭台の灯りが、天井にふたりの影を映し出している。

「すまない、もう我慢できないんだ。麗媛、ああ、麗媛……っ」

いつも優しく微笑みかけてくれる天暁が、引き裂くように単衣の前を開いた。白い乳房が夜気にさらされる。細腰に似つかわしくない、豊かな胸。麗媛は、まだ何もわからぬまま、敷布をきつく握りしめた。

――恐ろしいことではないと女官長は言っていたのだもの。暁さまにお任せしろと……。あ、でも、どうして？　急にこんなことをなさるだなんて……！

「あなたの体は、ほんとうに無垢で美しい。こんなふうにされても、まだ反応してくれない。それとも、何も知らないのかい？　女官長は今夜のことを教えてくれたはずだろう？」

麗媛の腿を跨《また》ぎ、膝立ちになった天暁が、真紅の衣装を乱雑に脱ぎ捨てた。単衣を半分はだけると、彼の肩に赤銅色の髪がこぼれる。燭台の灯りに照らされた男の体は、引き締まった筋肉が影を作り、麗媛の知る天暁ではない、誰か別のひとを見ているような気になった。

「何をされても……て、天暁さまにお任せするように、と……」

薄い肩が寒くもないのに小刻みに震える。そのたび、若々しい乳房が恥じらうように揺れた。

「すべて、私が教えるよ。麗媛、子を成すのが怖いとあなたは言っていたね。今からすることは、あなたの体に私の子種を注ぎこむ行為だ」

ゆっくりと上半身を倒した天暁が、麗媛の胸に顔を寄せる。いとけない乳暈は、まだ男を知らず、薄い桃色をしていた。

「ひっ……、あ、んん……っ」

舌先が先端に触れるのと、長い指が乳房に食い込むのはほぼ同時だった。左右の膨らみをはしたなく揉《も》まれ、まだ兆しの見えない胸の頂《いただき》を濡れた舌で舐《ねぶ》られる。

——いや、怖い。こんなこと、どうして……？

「なんて柔らかいんだろう。それに、あなたの体はどこもかしこも細くて折れてしまいそうなのに、胸だけがたわわに実っているね」

舐められるほどに、意識が胸の先に集中していく。すると、それまでうっすらとわかる程度だった先端が、何かで充溢《じゅういつ》されたように輪郭をはっきりさせる。

「ほら、感じてきた証だ。あなたの胸が、もっと舐めてほしいとおねだりしているよ」

「そ……んな、あ、暁さま……っ」

芯が通ったように硬くなって部分を、天暁の舌が根本からなぞった。それだけで、麗媛の腰がみだらに躍る。

舐められているのと反対の胸は、乳暈ごときゅっとつままれて、根本からくびりだされた乳首が痛いほどに感じていた。

「とても感じやすい体だ。これだけじゃ物足りないかい？　だったら――」

一瞬、自分の身に起こったことが理解できず、麗媛は目を丸くして天暁を見つめる。胸の先が、何かあたたかなものに包まれた。それは、彼の唇だった。

「ああ……っ、ゃ、それ、ダメぇ……っ」

ちゅう、と音を立てて天暁が胸を吸う。すると、体のなかで暴れる情欲が、彼の唇に吸い寄せられるように一点に集中していくのがわかった。

「んんーっ、あ、ふっ……、いやぁ、暁さま……」

いつもひんやりとした麗媛の肌が、かすかに汗ばんでくる。白肌に薄く紅が差し、しゃぶられる部分は彼の粘膜で包まれて、得も言われぬ快楽を生み出す。

自分の声に耐え切れず、麗媛は右手の甲を唇に当てた。

「ん……っ、ぅ、あ、ああ、あ……ッ」

色づいた部分を口に含み、音を立ててきつく吸ったかと思えば、今度は舌先で転がしてくる。唾液に濡れた乳房が、仄《ほの》かな燭台の灯りに照らされて、ひどく淫靡に見えた。

「どうしたの？　声を聞かせてくれないのか？　私の妻は、初めて紅藍に来たときよりも恥じらいを覚えてしまったようだね。あのときのあなたは、体を弄られる意味さえわからなかったというのに」

顔を上げた天暁が、夢を見るような声で囁《ささや》く。彼の言うとおり、あのころの自分は今よりも羞恥心が足りなかった。ひとと接することの少ない人生で、恥ずかしいと感じる心さえ鈍っていたせいだろう。

「ねえ、今は恥ずかしいのかい？　それは、私に感じている顔をみられるから……？」

ぎゅっと目を瞑《つぶ》って、麗媛は首を縦に振った。

劉権からも、乳房をつねられたことがあったけれど、あのときはただ恐ろしいばかりで、こんな快楽を知らなかった。

――けれど、暁さまは……わたしをおかしくしてしまわれる……

「嬉しいよ、麗媛。こうしているとき、あなたは人形のように無表情でなどいられないんだね。それは、私を感じているからだ。さあ、もっと舐めさせておくれ」

突き出した舌先で、麗媛の乳首が小刻みに舐られる。はしたないほどに感じるそこは、赤い舌と踊っているようにさえ見えるほどだ。

「ああっ……、ん、ん……っ」

「この手は邪魔だな。私はあなたの声を聞きたい。あなたの感じている顔を見たい。私だけのあなたを、もっと知りたいんだ」

口元を押さえていた右手をつかまれ敷布の上に縫いとめられる。麗媛は涙目で天暁を見つめ、体をよじった。その機を狙っていたかのように、柔らかな太腿《ふともも》の間に彼の膝が割り込んでくる。

「いい子だね。じゃあ、次だよ。子種を注ぐ部分を、ほぐさせておくれ」

「もう……、もう、お許しを……」

激しく打たれることも、縄で縛られることも平気だったはずなのに、体中を撫《な》で回《まわ》す天暁の手によって、麗媛は涙をこぼした。痛みには耐えられても、快楽には耐性がない。

「それはできないよ。花嫁を女にするのは、私の権利だからね」

ぐいと脚が開かれる。薄く汗をかいた内腿が、左右に大きく割られて、秘めた部分が空気に触れた。

「ほんとうに華奢な体だ。ここも……とても小さい」

指先が、亀裂を下から上へなぞっていく。

そのひと撫でで、麗媛の腰が跳ねた。腰だけではなく、背骨を伝って頭のてっぺんまで痺《しび》れるような感覚が突き抜ける。

「ひ……、ぃ、イヤ、あ、ああっ」

「そんなに力を入れないで。ほら、ここ、覚えているでしょう？　浴室で、あなたのここを弄ったとき、とても気持ちよさそうにしていた」

膨らみかけた花芽を、人差し指が撫《な》でた瞬間、立てた膝ががくがくと震えた。

「ダメです……っ。そこ、さわられるとおかしくなっちゃ……あ、あっ」

脚の間が、とろりと熱い蜜で濡れていく。未踏の粘膜を、腰の奥から湧き出る媚蜜が滴るのを感じて、麗媛は懸命に腰を逃がそうとする。

「おかしくなっておくれ。もっと感じて、もっと濡らしていいんだ。あなたの痴態は、私だけが見ることを許されるのだから――」

そのとき、花芽を愛《め》でていた彼の指が、蜜のぬめりでつるりと滑った。亀裂の間を下へ移動していく指の感覚に、麗媛は白い喉を反らして耐える。だが、その指先が臀部《でんぶ》へ下るより前に、途中で窪《くぼ》みに引っかかった。

「えっ……？　あ、んぅ……っ」

ちゅぷりと体の内側から音がする。いったい何が起こったというのだろう。困惑する間にも、天暁の指は柔肉の間《あわい》を奥へ奥へと進んでくる。

「や……っ……、何を……」

「ここに、子種を注ぐ。麗媛、あなたはきっと、自分で触れたこともないのだろうね」

指が根本まで埋め込まれ、麗媛は浅い呼吸を繰り返して、自分の下腹部に目をやった。なぜ、彼の指を呑み込んでいるのかわからない。

「イヤ！　イヤです、暁さま……っ。その指、ぬ、抜いてくださ……ああっ」

抗《あらが》う麗媛を御するように、体のなかで指が蠢《うごめ》いた。粘着質の水音が、彼の指の動きに合わせて鼓膜を揺らす。

「指ではイヤなのかい？　だったら――もう、あなたをもらってもいい……？」

彼の問いかけの意味もわからぬまま、なんとか指を抜いてもらいたい一心で、麗媛はこくこくと首肯する。あふれた涙が頬を伝い、紅い瞳は瞼《まぶた》に閉ざされていた。

だから、彼女はわからなかった。

天暁が秘処を弄るのと反対の手で、激しく昂《たか》ぶる雄槍の根本を握っていたことを。

「わかった。もっと慣らしてからと思っていたのだけど、焦らすばかりでは怖がらせてしまう。麗媛、お願いだ。私を拒まないでおくれ」

ゆっくりと指が引き抜かれ、やっと息が楽になる。今のはなんだったのだろう。そんなことを思っていると、左右の脚の付け根を下から持ち上げるようにして、天暁の手がつかんだ。

「暁……さま、あ、あの……」

おそるおそる目を開けると、彼が上半身を前に倒してくる。

そして、天暁の顔が麗媛に近づくにつれて、先ほど指を受け入れた部分が、指よりもずっと圧迫感のある何かで穿《うが》たれる。

「……っ、あ……、う、ぅ……っ」

体のなかに天暁が入ってきている。それを本能で察しながら、麗媛は目を瞠った。今まで、一度たりとも感じたことのない感覚だった。ずぶずぶと、体の奥へ奥へ、何かが入り込んでくる。それは、たとえるなら蛇のように、先端を大きく膨らませた何か——

「痛……っ、ん、く……っ」

全身の毛穴が開き、汗が噴き出る。同時に、毛穴という毛穴が窄《すぼ》まり、産毛が総毛《そうけ》立つ。そのどちらにも似ていながら、どちらでもない、奇妙な感覚が麗媛の体を襲う。

「ああ、麗媛……っ……」

互いの腰と腰が密着したときには、麗媛は鼻を赤くしてしゃくりあげていた。

腰でつながった天暁が、手を伸ばして頭を撫でてくれる。彼の胸が麗媛の胸の膨らみを押し潰していた。

「痛かったよね。すまない……。もっと優しくしようと思っていたのに、閨に立つあなたの姿を見た瞬間から、狂ったように我慢ができなくなってしまった……」

今なお、彼をねじ込まれた部分が引きつれたような痛みを発している。これが夫婦の契りなのだろうか。あるいは、紅藍流の折檻と言われてもおかしくない。

「……痛い？」

深茶色の瞳が、気遣うように麗媛を覗《のぞ》き込《こ》んでくる。

「痛い、です……」

ひくひくと喉を震わせ、か細い声で返事をすると、天暁は再度「すまない」と言った。

「だが、これでもうあなたは、容易に『打《ぶ》っていい』なんて言わないでくれるだろうか。私があなたを痛ませるのは、これが最初で最後だ。明日からは、快楽だけをあなたにあげる。あなたの喜ぶ顔を見せてもらえるよう、良い夫になるからね」

何を言っているのか理解できずに、麗媛は涙に濡れた瞳で天暁を凝視する。彼は、劉権とは違う。麗媛を痛めつけて喜んでいるわけではない。嗜虐《しぎゃく》的な性質でもないだろうし、痛がる麗媛を心底心配してくれている。

「暁さま、これが夫婦のなすことなのでしょうか……？」

それとも――と言いかけて、口をつぐむ。そうだ、天暁は最初から子種を注ぐと言っていた。ならば、これは間違いなく夫婦の営みなのだろう。

「ああ、そうだよ。こうしてあなたの奥深くに私を突き刺し、たっぷりと注ぐんだ。けれど、今日はもうやめておこうか。麗媛は今にも壊れてしまいそうだ」

こつんと額と額をくっつけて、天暁が切なげなため息を漏らす。そのとき、初めて知った。麗媛だけではなく、天暁も苦しいのだと。

「――暁さまも、痛いのですか？」

敷布を握っていた手をほどき、そっと彼の背に添えてみる。すると、天暁の半分はだけた単衣は、しっとりと汗で濡れていた。

「いや、私は……」

「ほんとうのことを、仰《おっしゃ》ってくださいませ。わたしたち、夫婦になったんでしょう……？」

潤んだ瞳で見つめられて、天暁はわずかに怯《ひる》んだようだった。彼のそんな表情は見たことがなかったので、麗媛はただじっと夫となったひとを見上げている。彼の楔《くさび》はまだ、麗媛に突き刺されたままだ。

「――あなたにはかなわないな」

はあ、と大きく溜息をつき、天暁がいっそう体重をかけてくる。苦しめるためではなく、その両腕で麗媛を抱きしめたのだ。

「痛いわけではないよ。その……とても気持ちが良いんだ」

「気持ちが……良いのですか？」

「ああ、すまない。あなたは痛いばかりだろうに、男はそうではないものでね」

気持ちが良くて汗ばむ。気持ちが良くて息が上がる。気持ちが良くて体が熱を帯びる――そんな状況を考えたところで、麗媛にはただ一度の経験しかなかった。浴室で、天暁に体を弄られたときだ。

――あのときのわたしのように、暁さまも気を失うほどの快楽を味わっていらっしゃるのかしら。

「あ、あの……どうぞ、お好きに……」

「こら、またそれかい？　お好きになさって、なんて冗談でも言うものではないよ。私は今、あなたに残酷なことをしようとしているんだ。わかるだろう？」

さも当然のように問われたところで、麗媛には彼がいったいどのような残酷な行為に及ぼうとしているのか皆目見当もつかない。

——でも、良かった。気持ち良いことはあまり詳しくないけれど、残酷な仕打ちには慣れているもの。痛いことなら、きっと我慢できる。

「だいじょうぶです。わたし、暁さまにされるのなら、耐えられると思います」

彼の体に抱きついて、麗媛がそう言うと、喜んでくれるとばかり思っていた天暁が、またも大きく息を吐く。

「そうではないよ。あなたを苦しめたくないんだ。わかってくれないか？」

「ですが——わたしも、暁さまに苦しんでほしくありません。先ほどは取り乱してしまいましたが、もう平気です。どうぞ、続きを……」

しかし、麗媛が言い終えるよりも先に、天暁が打ち込んでいた楔を引き抜いた。ずるりと内臓ごと引き出されるような錯覚に、麗媛は「あ、あッ」と短く声をあげる。

「——これから、私たちにはいくらでも時間がある。なにせ、夫婦になったのだからね。続きはまた明日の夜に。いいかい、麗媛？」

麗媛の隣に体を横たえて、彼は優しい声音で話しかけてくれる。その瞳は慈愛に満ちて、その手のひらは愛情のぬくもりをもって、そしてその声は麗媛を安らがせる。

「はい、暁さま……」

静かに体を引き寄せられ、彼の胸に抱きしめられると、脚の間にはまだ異物感があった。いったい、何で貫かれたのだろう。男性の体には、麗媛には計り知れない不思議があるようだ。

「今夜はこのまま休もう。痛かったろう」

「もう、今は痛くありません。ですが、まだ何か入っているような感じがします」

素直な麗媛がそう告げると、天暁の頬がかすかに赤らんだ。

「――そ、そういうことは、あまり言うものではないよ」

「そうなのですか？　申し訳ありません。無作法なことを申しました……」

「いや、違う！　無作法ということではなく……っ」

なぜだろう。今までにないほど、天暁が狼狽えている。よほど、言ってはいけないことだったのかもしれない。

「……あなたがかわいらしいから、もっと欲しくなってしまうんだ。わかっておくれ」

乱れた単衣のまま、麗媛は天暁に抱きしめられて目を閉じた。彼の腕のなかにいると、すべてから守られている気がする。あれほどまで怯《おび》えた劉権の影も、もう見えない。

――なんて幸せな日々だろう。わたしは、こんなに幸せでいていいのかしら……

初めて与えられる心からの安らぎに、麗媛はうとうとと目を閉じた。

目が眩《くら》むほどの幸福など、彼女は知らなかった。知る日が来るとも思っていなかった。けれど、もしかしたら、今ここにある安らぎこそがそういう類の幸福なのかもしれない。

第三章　幸福の泡沫《ほうまつ》

初夜こそ、それなりの遠慮をしてくれた天暁《てんぎょう》だったが、翌日以降は宣言通り、体をつなげるだけで行為は終わらなかった。

それどころか、女官長からは「夫婦の営みは夜に閨《ねや》で行われるもの」と聞いていたというのに、天暁は朝も夜もなく、時間さえ空けば麗媛《れいえん》の暮らす夏鵬宮《かほうきゆう》へ出向いてくる。

結婚から十日程度のころは、女官たちからは「麗媛さまが愛されている証拠ですねェ」とからかわれることに恥じらっていた麗媛だが、二十日も経《た》つころには小芳《しょうほう》に着替えを頼むだけでも赤面するようになってしまった。

なにせ、天暁はああ見えて独占欲が強い。最初は無垢《むく》な麗媛を気遣ってくれたが、次第に行為は激しくなっていく。白い肌は、全身に愛された痕を鮮やかに残し、彼がくちづけた部分は赤い花となった。

孤独に暮らしていたころ、裸を見られることなど恥ずかしいと思わなかった麗媛だったが、それは何も知らなかったからだと今ならわかる。

女性の体は、どこをどうされると快楽を感じるのか、そしてそんな女性に対して男性がどのような反応をするのか。知ってしまったあとでは、まざまざと愛された痕跡の残る裸身を侍女に見せるのも恥ずかしいものだ。

「っ……、あ、暁《ぎょう》さま……っ、お願いです、もう、もう……っ」

そして今夜もまた、天暁は麗媛を抱きしめて、二度目の果てへ向かおうとしている。

「まだだよ、麗媛……っ。あなたは、まだ達していないじゃないか」

獣《けもの》のように四《よ》つん這《ば》いにされ、背後から腰をつかまれて突き上げられるたび、乳房がいやらしく揺れる。おびただしくあふれた蜜は、内腿を濡らして敷布まで滴るほどだ。

「や、ぁ……っ……、なか、熱い……っ」

一度放たれた白濁は、泡立つほどに攪拌《かくはん》されている。それでも足りぬとばかりに天暁が腰を激しく振った。

「今夜こそ、あなたをなかで極点に連れていきたい。麗媛、麗媛……っ」

慣れない体は、未《いま》だ彼を咥《くわ》えた状態での果てを知らない。しかし、接吻《せっぷん》しながら花芽を指で弄られたり、天暁の唇と舌で愛されたりすると達することはできる。

「ああ、こんなに私を食いしめて……。あなたのかわいいところが、きゅっと窄《すぼ》まっているよ」

「やめ……、ああっ、い、言わな……で……っ」

最奥を抉《えぐ》られると、蜜口がきゅうと窄む。張りつめた亀頭が浅瀬へ戻ると、今度は深奥が震えるように収斂《しゅうれん》してしまう。そこをずぶりと太い楔《くさび》で押し広げられるため、突かれるほどに麗媛はあられもない声をあげた。

「ほら、あなたが達してくれないと終われないよ。もう空が明るくなってきてしまった。このままでは、小芳が朝餉《あさげ》を持ってやってくるかもしれないね」

「っっ……や、そんな……っ、ああ、あっ、あっ……」

清楚《せいそ》でありながら物怖《ものお》じしない、仕事熱心な侍女に、このような痴態を見られたくはない。考えただけで、麗媛は恥ずかしさに泣きそうになる。

「おや、見られることを考えたらますます感じてしまったのかな。あなたのここが、痛いくらいに狭くなった」

汗ばんだ背中にのしかかるように、天暁が胸を預けてきた。

「んっ……、暁さま、もう……っ」

「強情だね。それとも、これではまだ足りない？　私は……あなたに挿《い》れているだけですぐに達してしまいそうだというのに、ひどいひとだ……」

敷布を握りしめる手は、爪が手のひらに食い込んでいる。背に感じる天暁の体温は熱く、このままふたつの体が融《と》け合ってしまうのではないかと思うほどだ。

「ああっ……、い、イヤ、そこ……」

挿入の角度が変わったせいか、麗媛の肩がびくびくと震えた。それまでよりも、いっそうの佚楽《いつらく》が差し迫る。

「ここか、あなたはここが感じるんだね」

ゆっくりと引いた腰を、ひと息に突き上げられ、声にならない嬌声が体の内側を駆け巡る。

「ああ……、私も、もう限界だよ、かわいい麗媛……！」

漲《みなぎ》る劣情が、ぐいと麗媛の粘膜を押し広げ、最奥を強く突き上げた。

「……っ、は、ああっ……、ダメ、ダメぇ……っ」

黒髪の乱れも気にかける余裕はなく、麗媛はきつく奥歯を噛みしめる。腰の奥深いところで、溜《た》まりに溜まった情慾が今にも弾《はじ》けそうになっていた。

「いくよ、あなたのなかに……すべて、出すよ……っ」

斜めに押し上げてくる切っ先が、ひときわ狭まった内部で熱を放つ。

「あ、あ、あぁ、あ――……っっ」

その瞬間、麗媛のつま先はきゅっと丸まって、このうえないほどに引き絞られた蜜口が天暁の根本を締めつけた。濡襞が収斂《しゅうれん》しては、男の精を最後の一滴まで吸い取ろうとする。

「麗媛、麗媛……。初めて一緒に達することができた……」

嬉《うれ》しそうな天暁の声に、麗媛は返事もできず速い呼吸を繰り返していた。

「嬉しいよ。あなたが私を感じてくれたんだ。私の陽液を受け止めて、こんなにもはしたなくひくついているなんて……」

始まったときは、たしかに夜だったはずなのに、窓からは朝の明るい陽射しが射し込んできている。早く起きなくては、あるいは眠らなくては、ほんとうに小芳が来てしまう。そう思った麗媛だったが、脱力しきった体は重く、指先すら動かせそうにない。

「駄目だ……、すまない、麗媛」

「……え……？」

唐突な謝罪を何事かと思った矢先、素早く陽物を抜き取った天暁が、麗媛の体を裏返した。

「あなたがかわいすぎて、まだ足りない。もう一度、一緒に感じてくれるね？」

息も整わぬまま、麗媛は三度目の挿入に腰を震わせた――

「麗媛さま、少しは太陽の光を浴びないと、お体が弱ってしまいます」

結局、朝まで眠らせてもらえなかった麗媛だったが、そんな彼女を心配して、小芳は朝餉に薬湯を運んできてくれた。

「……わかっているのですが、あの、脚が……」

足腰が立たなくなるまで抱かれる日々に、ちょっとした散歩すらままならない。

夫婦とは、これほど激しく夜の営みを行うものなのだろうか。

「でしたら、たまには輿《こし》で街へ行くのはいかがでしょう？　麗媛さまは、まだ紅藍の市《いち》をご覧になったことがありませんでしたよね」

名案とばかりに、小芳の顔がぱっと明るくなった。

「市……？」

「はい、様々な商人が露店を出しています。この近くでしたら文洛《ぶんらく》の市が有名ですが、いかがですか？」

苦い薬湯をひと口すすり、麗媛は顔をしかめて考える。

真国にいたころは、城門から外へ出ることを許されていなかったため、外出することなど想像もしなかった。だが、今は違う。

——だけど、勝手に外へ出ていいのかしら。暁さまにご相談してからのほうが……

そんな主の心を読み取ったのか、小芳は、

「ご心配でしたら、将軍さまにご許可をいただいてからでもだいじょうぶですよ」

と微笑《ほほえ》みかけてくれる。自然で、とてもあたたかい笑顔だ。

「……では、暁さまのご許可がおりたら、市へ参りましょう」

「はい、かしこまりました！　早速、お願いに伺って参ります」

そう言って、一度は出入り口まで歩きかけた小芳だったが、ふと足を止めて振り返る。どうしたのだろう。

「あの……ずうずうしいお願いなのですが、もしよろしければ弟を同行させていただけないでしょうか？　浩然《こうぜん》は、前々から市へ行きたいと申しておりまして……」

小さな下男の名を聞いて、麗媛は「もちろん」と頷《うなず》く。

「ありがとうございます」

深く頭を下げた小芳が、今度こそ振り返ることなく外廊へ消えていった。

――小芳と浩然は、とても仲が良い姉弟でうらやましい。

薬湯に視線を落とすと、つい自分の兄姉たちのことを思い出してしまう。苦い薬湯よりもさらに苦い思い出の数々。そのほとんどが、劉権《りゅうけん》との記憶だ。

婚儀の際には、劉権太子の名代として三番目の異母兄が紅藍《こうらん》まで足を運んでくれた。けれど、祝辞をいただきながら、麗媛は身のすくむ心地でいたのだ。

どれほど離れても、あの黄龍城《こうりゅうじょう》での日々は体に染み込んでいる。蔑《さげす》まれ、疎《うと》まれ、誰からも愛されなかった日々。

「……わたしは、紅藍の女になったの。もう、お兄さまのことは忘れなければ……」

胸に巣食う痛みを打ち消すように、麗媛は薬湯をひと息に飲み干した。


朱夏城《しゅかじょう》から南へ向かうと、半刻と経たずに景色が一変する。宮廷のある皇都近辺は、立派な構えの屋敷が多いが、文洛《ぶんらく》に近づくほどに家々は簡素な造りになっていった。それと共に、田園風景が広がり、遠くの山々がはっきり見えるようになる。

真国と違い、水不足に喘《あえ》ぐ年もあると聞いていたが、今年は夏前に雨がたくさん降ったおかげで農民はほっとしているという。

「麗媛さま、ボクの生まれた村はあの山の向こうなんです。秋になると、山にたくさん栗《くり》がなるんですよ。とってもおいしいです」

人数の都合により、輿ではなく馬車で市へ行くことになったのだが、車内で誰よりもはしゃいでいるのは小さな浩然だ。

「栗は、たくさん棘《とげ》があるんですよ。踏むと靴に刺さって危ないですから、麗媛さまが一緒に山に行ったら、ボクがとってあげますね！」

「ありがとう、浩然」

紅藍のことをあまり知らない麗媛に、浩然は見渡すかぎりの景色について逐一解説をしてくれる。

「もう、浩然。いい加減にしなさい。麗媛さまは、栗拾いになんて行かないのよ。将軍さまのお嫁さまなんだから！」

小芳が慌ててたしなめるも、浩然は「えー、どうして？　栗はおいしいってお姉ちゃんもいつも言ってるのに」とわかっていない様子だ。

「栗拾いか。あなたがしてみたいなら、時季が来たら女官たちを連れていってみようか？」

そして、許可をとるだけだったはずが、なぜか同行してくれている天暁が、麗媛の隣でにこりと笑いかけてきた。

昨晩、ほとんど眠っていないはずだというのに、天暁は血色も良く、疲れひとつ見せない。体の鍛え方が違うのだろう。

「いえ、そんな……。皆に迷惑をかけることになりますから」

遠慮がちにうつむいた麗媛に、浩然が「みんな喜びますよ、麗媛さま！」とはしゃいだ声を出した。

「紅藍のひとは、みーんな栗が好きです。いつもはあまり笑わない女官長さまも、栗のふかしたのを食べるときはニコニコします」

「そうなのですか？」

驚いて顔を上げると、小芳と浩然がふたりそろって頷きあう。いつも冷静で仕事熱心な女官長が、笑顔で栗を食べる姿を想像したら、なんだか不思議な気持ちになった。

「きっと、麗媛さまもおいしい栗を食べたら笑顔になります！　もし栗拾いに行けなくても、ボクが麗媛さまのぶんをたっくさん拾ってきますね」

「まったく、浩然はずいぶんと私の奥さまがお気に入りだね。小さな恋敵《こいがたき》だ」

冗談めかした天暁の言葉に、浩然自身は恋敵の意味がわからないのかきょとんとしているが、小芳は恐縮して頭を下げる。

「将軍さま、申し訳ありません。弟はあとで叱っておきますので……」

「おや、小芳を怖がらせるほど、嫉妬の気持ちがあらわになっていたかい？　これはいけない。清穆《せいぼく》にも、あまり麗媛に夢中になりすぎるなと釘《くぎ》を差されているのに」

清穆とは、黄龍城の院子で天暁に同行していた若者だ。いつも天暁の仕事を手伝っており、よく名前を聞く。今日も、馬車のあとから馬でついてきてくれている。

「あの、暁さま、おふざけはどうぞそのくらいに……」

恥ずかしさにそう言いかけた麗媛だったが、窓の外から笛の音が聞こえてきてぱちくりと瞬《まばた》きをした。

「あっ、麗媛さま！　もう文洛《ぶんらく》の近くですよ。笛の音が聞こえてきました！」

馬車は、まもなく市のある街へ到着しようとしていた。


文洛の市は、麗媛が思い描いていたよりも規模が大きく、賑わっている。あちらこちらから、商品を宣伝する声が響き、そこかしこで笛吹きや銅鑼《どら》を鳴らす音がする。

「こ……こんなに広くて、たくさんひとがいるだなんて……！」

人混みを歩くことさえ初めての麗媛は、前から歩いてきたひとにぶつかりかけてはよろけ、後ろから駆けてきたひとに押されては転びそうになった。

「麗媛、危ないから手を出しておくれ」

「手……ですか？」

頷く天暁に、言われたとおり両手を出す。すると、彼はくすっと笑って麗媛の右手を握った。

「こうしていればはぐれることもない。それに、あなたがぶつかられたとき、容易に助けられる」

大きな手で右手をつかまれていると、なんだか人前だというのにいけないことをしている気がしてきた。別段、気にするほどのことではないのだろう。ただし、麗媛にとっては手をつないで歩くことも初めてなのだ。

「小芳、これを」

照れている麗媛を尻目に、天暁は小芳に何かを渡した。

「浩然に飴《あめ》でもお面でも、好きなものを買ってあげるといい」

「ありがとうございます、将軍さま」

渡したのは小遣いだったらしく、小芳はしきりにお礼を言う。さらに、護衛としてついてきた清穆には、小芳と浩然の世話役を言いつけて、天暁がやっと麗媛を振り返る。

「さあ、これでふたりきりになったよ。麗媛、あなたは何を見たいかな」

「ふたりきりでなくとも……。せっかく浩然と小芳も一緒だったのに、別々に歩くのでは寂しくありませんか？」

別段、天暁とふたりでまわるのが嫌なわけではない。ただ、麗媛は自分が世間知らずだという自覚がある。浩然がそばにいてくれると、馬車に乗っていたときのように、黙っていても話が弾《はず》むから助かると思っていた。

「ずいぶんつれないことを言うね。あなたは私とふたりでは寂しいんだ？」

「そ、そういう意味では……」

顔を近づけられて、麗媛はぽっと頬を赤らめる。

「だったら、『暁さまとふたりで歩けて嬉しいです』くらい言ってほしいなあ。私だって、それなりに忙しい身なのだよ？　あなたが市へ行きたいと言うから、仕事を放り出してきたというのに」

「えっ、そうだったのですか!?」

途端に、麗媛の胸は申し訳なさでいっぱいになった。天暁を暇人だと思っていたわけではない。いつだって、夜遅くまで仕事に明け暮れていることは、妻である自分がよく知っていた。

――でも、最近は……昼間でも時間が空いたと言ってはすぐに夏鵬宮に顔を出してくださるけれど……。もしかして、わたしといるせいで仕事の時間を削っていらっしゃるのかも……。

考えるほど、自分がいかに天暁に迷惑をかけているかが見えてきて、麗媛は柳眉《りゅうび》の眉間にしわを寄せる。

「冗談だよ。そんなに深刻な顔をしないで。あなたがふたりきりでなくてもいいと言うから、少し意地悪してしまったんだ。すまないね」

あっけらかんとした声で言うが早いか、天暁は手をつないだまま、人混みのなかを歩きだす。

だが、先ほどの彼の言葉がまだ胸に残っていて、麗媛はどうしていいか困惑していた。

人間は、食事と睡眠のどちらかが欠けても健康ではいられないという。若々しく、生気にあふれた天暁とて、無理を続ければ病に倒れることもあろう。

「それで何から見ようか。甘露は好きかい？　それとも、やはり女性は歩揺や耳飾りが――」

「暁さま、ほんとうにお仕事はだいじょうぶなのでしょうか？　わたしのせいで、お休みになる時間を潰して仕事をなさるようなことになったら……！」

市など見られなくともかまわない。馬車に戻って、少しでも休憩してもらったほうがいい。そんな気持ちで見上げると、天暁がくしゃりと相好を崩した。

「私は、あなたの喜ぶ顔を見たいんだよ。笑いかけてくれたら、きっとそれだけで疲れなんて吹き飛ぶ。それに、こう見えてもなかなか優秀なんだ。仕事は仕事、遊びは遊び。けじめをつけることも大事だからね」

「ですが……」

だったらせめて、夜はきちんと眠ってほしい。そう言おうとした麗媛に、少しかがんだ天暁が目線の高さを合わせてくる。

「こら、まだ言うのかな。そんなかわいくないことを言う口は、接吻で塞いでしまおうか？」

「――――っっ！」

実際に接吻されたわけでもないのに、唇が熱を帯びた。次いで、周囲のひとに聞かれていないかと、麗媛はあたりを見回す。少なくとも、清穆や小芳、浩然の姿はないようだ。

「よし、今日は私が店を選ぼう。まずはあなたが喜びそうな……そうだ、麺人《めんじん》がいい。きっと楽しいよ」

——暁さまが嬉しそうだから、なんだかわたしも楽しくなってきた気がする。ほんとうに、なんて不思議な方かしら。わたしなぞを選ばずとも、暁さまが望めば誰だって彼の妻になりたがるでしょうに。

彼のためにできることは数少ない。だが、きっと麗媛がうまく笑えるようになれば、天暁は手放しで喜んでくれるだろう。

毎日、朝起きたら鏡の前で笑顔の練習をしている。いつか、天暁にも見てもらえるだろうか。

麺人という聞き慣れない言葉に、首を傾《かし》げた麗媛だったが、いざ露店へ到着すると目を輝かせて職人を見つめることになった。

露台には赤い布が敷かれ、そのうえに赤、青、黄、白の練り粉が並んでいる。初老の職人は、台に張りつく子どもたちに見えるよう、角度を変えながら練り粉で人形を作っていた。

「さて、次はここをこうして……」

最初はのっぺりとした板状だった練り粉が、小刀で刻まれ、切られ、伸ばされるうちに、兎《うさぎ》や虎、猪《いのしし》へと姿を変えていく。完成した麺人が露台にいくつも並んでいるが、どれも生きているように表情がある。

「暁さま、見てください。あれは……麒麟《きりん》ではないですか？」

幼いころから小薇宮にある書物ばかり読んで育った麗媛でもわかる、誰もが知る伝説の生き物。細い髭《ひげ》までも鮮明に作りこみ、躍動感のある麒麟が生み出されていく。

「ほうら、坊主、麒麟だってあの姐《ねえ》さんにはすぐわかったぞ。おまえはさっきから見てるのに、ひとつも当てられんなあ」

露台にかぶりつきの洟《はな》垂《た》れ坊《ぼう》に向かって、職人が呵呵《かか》と笑い声をあげる。

「オイラにもわかるのを作っておくれよ、おっちゃん」

「そうさなあ、だったら姐さん、次は何がいいか、こっそり希望を教えてくれんかね」

手招きされて、麗媛は左右を見回した。自分に言われているのか、それともほかの誰かなのか。

「姐さん姐さん、そこの赤い目のアンタだよ。ヤア、ずいぶんと美丈夫な旦那と一緒なんだねエ」

「わ、わたし……ですか？」

知らない相手から声をかけられるのも生まれて初めてならば、姐さんだなんて呼びかけられたのも人生初である。驚いている麗媛の背を、天暁がぽんと軽く押した。

「行っておいで。あなたが何を頼んだのか、私がいちばんに当ててみせるよ」

子どものように目をきらきらさせ、麗媛は露台へ駆け寄る。

町の子どもたちにとっては当たり前の遊び場も、麗媛にすれば何もかもが目新しい。さて、麗媛が職人に頼んだのは猫だったのだが、先に子どもたちに当てられてしまい、天暁が悔しそうに歯噛みしたことはそっとしておこう。

麺人職人の露店を離れたあと、ふたりは目についた店を眺めては、楽しい時間を過ごしていた。皇子という身分でありながら、天暁は町の文化にも詳しい。彼が露店を覗《のぞ》く子どもたちのような生活をしていたとは考えにくいため、市のことも学習したのかもしれない。

――暁さまは皆に優しいだけではなく、とても勉強熱心なお方なのね。

「麗媛、あれをご覧」

不意に彼が指差したのは、歩揺《ほよう》売りだった。色とりどりの歩揺が並べられ、女性客が集《たか》っている。

「驚きました。歩揺までも売っているのですね」

「ははっ、驚かせたくて教えたわけではないよ。あなたに、歩揺をひとつ用立てたいんだ。それとも、露店のものではいやかい？」

彼が選んでくれるというのなら、露店だってありがたい。麗媛は慌ててぶんぶんと首を横に振った。

「よし、じゃあ見ていこう。ずいぶんと種類が豊富だね……」

麺人に負けず劣らずの緻密な細工の歩揺は、花を象《かたど》ったものが多い。それに蝶《ちょう》が並んでいたり、葉を模した吊《つ》るし細工がされていたりする。

「うーん、やはりあなたには赤い色が似合うけれど、せっかくなら珍しいものを選んでもいいかもしれない。いや、しかし、長く使ってもらいたいと思うなら、無難な細工のほうが……」

いくつかを手にとって、麗媛の頭にかざしては、天暁が真剣に悩んでいる。なんでもこなす器用な彼が、これほど決めかねる姿はなかなか見られない。

──かわいらしいところもおありなんだわ。

自然と目を細め、自身でも気づかぬうちに麗媛は表情を緩めていた。

「……えっ、今、笑った……？」

「笑っ……、わ、わたしが、ですか？」

言われて、自由な左手で頰を撫でてみる。しかし、笑っているのかどうか、よくわからない。

「ああ、しまった。言わなければ良かった。せっかくあなたが笑顔を見せてくれていたというのに！」

──わたし、笑えるようになったの……？

笑みとは、どれほど練習してもうまくならないのに、自然とできるようになるものなのか。

あるいは、天暁の見間違いということも──

「愛らしい笑顔だったよ」

うつむきかけた麗媛の髪に、すっと歩揺が挿し込まれる。それは、鈴蘭《すずらん》を模した白い花がいくつも揺れる可憐《かれん》な意匠のものだった。

「ふふっ、牡丹《ぼたん》もいいけれど、あなたにはこういうかわいらしいものが似合うね。いずれは窈窕《ようちょう》たる淑女になってしまうのだろうけれど、もうしばらくは愛らしいあなたでいてほしいものだな」

風が吹くと、鈴蘭の下がり細工が揺れる。歩揺の名のとおり、揺れる様を想定して作られたそれは、花と花がかすかにかすめるしゃら、という音まで楚々《そそ》としている。

「どうだろう、これをあなたに贈らせてもらえないだろうか？」

周囲の女性客たちは、先ほどから天暁に見とれて歩揺を選ぶ手が止まっていた。羨望の眼差《まなざ》しにさらされて、麗媛は頬をひと刷毛《はけ》染める。

「あ、あの……」

「白い花は嫌い？」

「好き……です……」

口に出してから、心がちくりと針で刺されたような痛みを感じる。

好き、好き、好き。

何かを好きだと言うことは、麗媛にとって鬼門だった。愛《いと》しく思うことは、相手を不幸にすること。心を閉ざし、諦観に生きる日々のなか、麗媛は何かを好きだと思うことさえ忘れていた。

「では、これで決定だ。店主、この歩揺をくれ。このままつけて帰りたいのだがいいかい？」

「へい、ありがとうございます」

天暁が挿してくれた歩揺は、しゃらしゃらと風に鳴って、麗媛の心をざわつかせる。白い花は好き、この歩揺は好き、そして、天暁のことが――

「麗媛さまあー、やっと見つけました！」

そこに、狐面《きつねめん》をかぶった少年が駆け寄ってくる。浩然だ。

「こら、浩然、そんなに走ってはダメよ！」

追いかける小芳を物ともせず、浩然は麗媛のそばまで来るとやっと足を止めた。

「わあ、麗媛さま、かわいい歩揺ですね！」

面を額のうえにずらし、浩然が目ざとく歩揺に気づく。

「浩然も、かわいいお面ですね。それに、手にしているのは……飴……？」

麺人ほどではないが、こちらもずいぶんと凝った菓子である。鶏の形をした飴を手に、浩然が嬉しそうにぴょんと跳ねた。

「糖人《とうじん》です。麗媛さまのぶんも買ってきました。麗媛さまがお好きそうなのを、お姉ちゃんが選んだんです！」

あとから追いついた小芳が、はにかんだ表情で兎の飴がついた棒をそっと差し出してくれる。

「ありがとう、小芳。ありがとう、浩然」

姉弟のあとからやってきた清穆が、「あっ！」と声をあげた。

「どうした、清穆。大きな声を出して」

支払いを終えたらしい天暁が、笑いながら清穆に尋ねる。

「あっ、あの、今、麗媛さまがお笑いに……」

「ほんとうだ！　麗媛さま、笑ってた！」

浩然も気づいたらしく、丸い目をして麗媛を見上げた。

「我が妻の笑顔を独り占めできないのは、こういうとき歯がゆいものだなあ。だが、皆が麗媛の笑顔を見て喜ぶのも悪くない。わかるかい、麗媛。あなたが笑うと、私たちはみな嬉しくなるのだよ」

ぽんと頭を撫でられ、麗媛はなんと答えて良いのかわからず、うつむいて顔を隠した。

「わ、わたし、ちゃんと笑えていましたか……？」

以前、浩然の前で笑おうとしたときには、引きつけを起こしていると間違われてしまった。

あのときと比べて、うまく笑えるようになったのだろうか。

「とても愛らしい笑顔だったよ。何度でも見たくなるほどにね」

恥ずかしがる麗媛の耳元で、天暁が小さく答える。

「笑顔はほかの者にも見せてあげるけれど、褥《しとね》でのあなたは私だけのものだよ？」

「――――っ、暁さまっ……!?」

「ふふ、ほんとうにあなたは目を離せないほどに愛らしい。そんなに慌てなくてもいいのに」

毎日の変化は小さいけれど、その変化は着実に訪れる。

紅藍に来たばかりのころの、人形のように硬い表情の麗媛はもういない。本人がそれに気づいているかどうかは別として、周囲の人々は彼女の変化に気づきはじめていた。

◇　◇　◇

――さて、あちらはどう出るつもりか。

扶清《ふせい》大陸の地図を前に、天暁は眉根を寄せる。彼の視線は、真国《じん》に注がれていた。

愛しい妻は、寝台で健《すこ》やかな寝息を立てている。結婚してから、天暁は麗媛の暮らす夏鵬宮で夜を過ごしているのだが、いかんせんやるべきことが多すぎる。そのため、今夜もこうして地図を広げて思案に暮れていた。

平和で平穏な毎日を、当たり前だと思うことなかれ。天暁は、己の出自のせいか、目の前にある幸福が、なんの努力もなく維持できるものだとは考えていない。

今でこそ、紅藍の皇子として何不自由なく暮らしている身だが、自分はもともと親の顔を知らない孤児だった。その日暮らしの、ねぐらにすら困る生活をしていた天暁を変えたとある人物との出会いを経て、彼は目的のために自らの人生の舵《かじ》を切ったのだ。

「厄介なものだ。我々のことなど放っておいてくれればいいのだが、紅藍の国内で内乱を起こすよう動いていたとはね」

麗媛の異母兄である劉権が、このまま何事もなく済ませてくれるとは考えにくい。

先方の思惑は、最初から知っていた。劉権自身が凶花の呪いをどこまで信じているかは別として、紅藍を配下に置きたがっているのだ。

敵も方法を選ばなくなってきている。すでに、紅藍内部に間諜《かんちょう》もいることだろう。

――歴史ある大国とはいえ、今の真国はかつての猛威を失っている。このままでは、いずれ内から崩れる日も来ようというもの。

そうなる前に、劉権は紅藍に攻め入る心づもりで麗媛を嫁がせた。妹を道具のように扱う冷血な太子のやりそうなことだ。

「麗媛、あなたのことは私が守る。あなたが笑って暮らせるこの国も、この国の民も、そしてあなたの未来を……」

遠い日の小さな約束を胸に生きてきた天暁だったが、気づけば今の自分を突き動かすものはもっと別のものになっている。

彼女を守る約束よりも、彼女を愛しいと思う気持ちが、天暁を動かしていた。

「……真国の出方も気になるが、あのひとの生まれ故郷の調査結果も確認しておかなくてはな」

地図をたたむと、その下に置いてあった書状を広げ、天暁は文字に目を走らせる。

あと少しですべての点と点がつながりそうなところまで来ているのだが、最後の鍵が足りない。

――麗媛、あなたを縛りつける呪いが、ほんとうは存在しないことを早く教えてあげたい。だが、十七年間言い聞かせられてきたことを覆《くつがえ》すためには、まず証拠をそろえなくてはいけないんだ。もう少しだけ待っていておくれ。

書状から顔を上げた天暁は、寝台ですうすうと眠る麗媛に目を向ける。

「……ん……、暁さま……」

寝返りを打った彼女が、夢のなかでも自分の名を呼んでくれる。それが天暁には、何より嬉しかった。

「ずっと昔からあなたのことを見ていただなんて知っても、今と同じように慕ってくれるのか。それとも怖がらせてしまうかい？」

寝台へ近づいた天暁は、まだ明かせぬ秘密を小さくつぶやく。

問いかけは、夜闇に吸い込まれて、誰の耳にも届くことはない。

◇　◇　◇

日に日に空は高く澄み、遠くの山々は秋の装いに着替えを終えた。赤や黄色の衣を纏《まと》った山から、浩然が籠いっぱいの栗を拾ってきたのは三日前のこと。

結婚から一カ月以上が過ぎたが、天暁の通いは減るどころか増える勢いで、宮廷内では年内に麗媛が懐妊してもおかしくないとまで言われはじめていた。

しかし、今年初めての栗をふたりで食べていた夜、天暁は「しばらく皇都を離れることになった」と告げた。

「地方の内乱が激化してね。中央があまり口を出すのは好ましくないと考えていたのだが、領主たちの手には負えなくなってしまった」

「では、軍が……？」

手にしていた栗が、襦裙《じゅくん》にころりと転がる。内乱とは、国の内部で起こる戦争と同じ意味だと聞いていた。

「そんなに不安がらなくていい。なに、地方の小競り合いだよ。あなたが思うより、私は武力に長《た》けているのだからね。心配なら、今から証明してあげようか」

鈴蘭の歩揺をつけた髪を、天暁が崩さないよう優しく撫でる。下げ飾りの花が揺れて、麗媛は小さく首を横に振った。

「いいえ、いいえ。暁さまが優れた武人でいらっしゃることを疑ったりはいたしません。ですが……わたしと共にいることで、わたしに優しくしてくださることで、暁さまに災厄が降りかかるのではないかと不安になるのです……」

紅藍へ来てからこちら――否、正確には天暁が『呪いを解くことができる』と言って以来、麗媛は他者を避けずに暮らしている。夫である天暁は、そのなかでももっとも親しい存在だ。

――もしも、ほんとうは呪いを解くことなどできないのだとしたら、暁さまが危ない。

広がった袖口が、ふわりと麗媛の頬をかすめる。何かと思ったときには、天暁の腕に抱きすくめられていた。

「暁……さま……？」

「嬉しいよ、麗媛。あなたは、私を愛しく想ってくれているのだね」

あまりに唐突な発言に、耳が熱くなる。

彼を心配していたのは、呪われた己が性質のせいで、天暁を苦しめないように——と、そこまで考えてから、麗媛も気づいた。

凶花《きようか》の呪いは、呪われた娘を愛し、呪われた娘に愛された者に降りかかる。

——わたしは暁さまを夫として、ひととして、一国の皇子として尊敬しているのだと思ってきたけれど、それだけではなく男性として……愛しく想っているの……？

夫婦となったからには、互いを慈しむことになんら問題はない。褥で愛の睦言《むつごと》を囁《ささや》くのも、世間一般ではよくある話だ。それを麗媛が知らなかっただけで。

「おや、硬直してしまった。だが、言い訳をしても無駄だよ。あなたが私を想ってくれていることは、もうわかっているのだからね」

ふふっと嬉しそうに笑って、天暁が麗媛の首筋に唇を押しつける。

——では、暁さまは……？

人目のあるなしにかかわらず、彼は自分を大切にしてくれていた。呪われた女だと蔑《さげす》むこともなければ、同盟国の皇族の娘だからと無駄に敬うこともない。ひとりの女性として、麗媛を見てくれている。

だが、愛の言葉は一度たりとて語られたことがないのだ。天暁は誠実な男性ゆえ、縁あって夫婦となった麗媛を慈しんでくれる。それだけのことなのかもしれない。

「んっ……、暁さま、あ、あの……」

寝台の上、背を彼の胸につけて背後から抱きしめられた麗媛は、小さく身をよじる。

「あなたが言いたいことはわかるよ。私の気持ちが知りたい？」

ひそやかに、夜着のなかへと彼の手がすべりこんできた。長い指の大きな手。けれど、剣を握るその手で、天暁はいつだって麗媛を愛してくれる。

「あっ、待って、待ってください。お話の……続きを……っ、んん！」

すべらかな腹部を指でつうっとなぞると、その上の双丘を両の手のひらで包みこみ、天暁が耳元に唇を寄せた。

「では、言っておくれ。私の気持ちを知りたいと。私に愛されているか、不安なのだと——」

白い夜着の前がはだけ、無垢な肌が外気に触れる。すでに胸の先端はつんと屹立《きつりつ》し、愛される期待が高まっていた。

「……わたしは、そんなことを望んで良いのでしょうか……？」

「うん？」

紅藍へ来てから、ずっと幸せな日々が続いているから忘れられるかと思ったこともある。かって、あの離宮で虐《しいた》げられて過ごした日々。

けれど、それは容易なことではなかった。いつかまた、誰かが麗媛を息苦しい場所に監禁するかもしれない。そうなるとしたら、天暁に不幸があったときだ。彼を不幸にした自分を、人々は許さないだろう。

「あなたに愛されたいと、願ってもいいのでしょうか……？」

細い喉を、透明な雫が伝う。紅《あか》い瞳《め》からこぼれた涙は、喉を滴り、胸を弄《いじ》る天暁の指先を濡らした。

「困った花嫁だね。まだわからないのかい？　言葉にしなくとも、あなたはずっと私を求めてくれている。そしてまた、私も――」

濡れた瞳で彼を見やると、湯上がりのかすかに湿った前髪が麗媛の額に触れる。

「あなたを愛しているから、毎夜抱いてしまうのだよ、麗媛」

「暁さま……」

重なる唇が、涙で少し塩辛い。

しかし、そんなこともすぐに忘れてしまうほど、天暁はひたすらに麗媛を愛してくれた。

またも朝焼けが空を染めるころまで、ふたりの蜜事は続く。

敷布の上に無造作に置かれた歩揺をつかみ、麗媛は裸のままでそっと胸元に握りしめた。

まだ天暁は眠っている。

愛しいひとの寝姿を見つめていると、それだけで胸がいっぱいになった。

――小芳が言っていたわ。約束をするときには、自分の大切なものを預けるのだと。

再会を誓うとき、紅藍の女性は自分の身代わりに男性に装飾品や手巾《しゅきん》を預けるのだという。

そして、次に会うとき、それを返してもらうのだそうだ。

――この歩揺は、暁さまが選んでくだすったもの。手放すのは不安だけれど、そのくらい大切なものを渡さなければ、願掛けにはならないのね。

白い手巾に歩揺を包み、麗媛はもう一度彼の隣にもぐりこむ。

「ん……、麗媛……？」

「起こしてしまいましたか？」

「いや、まだ行かないで。ここにいておくれ……」

ふたつの体は、こうして抱きあうために作られたのではないかと思うほど、ぴったりと重なりあう。抱きしめられるほど、天暁への愛は深まり、愛するがゆえに呪いがどうなったのかが気にかかる。

「どこへも参りません。わたしは、ずっと暁さまのおそばにいとうございます……」

それから数日後の朝、天暁は内乱を制圧するため、宮廷を後にした。麗媛が約束にと差し出した鈴蘭の歩揺を懐に忍ばせ、安遠《あんえん》将軍は軍を率いる。

行き先は片道半日ほどの洛壕《らくごう》だが、彼を見送る麗媛は不安で胸が引き裂かれそうだった。

◇　◇　◇

天暁が城を空けてから、三日が過ぎた日の午後、なんとなしに夏鵬宮で手持ち無沙汰にしていた麗媛を訪《おとな》う者があった。

「麗媛さま、いらっしゃいますかあ～？」

勝手に室内へ入ってくるわけではなく、玄関先で「麗媛さまー」と何度も声をかけてくる。

「はい、どうかしましたか、浩然」

ちょうど小芳がお茶菓子をもらいに出ており、房間《へや》には麗媛しかいなかった。皇子妃自ら玄関へ出向くと、浩然が「ああ、良かったです！」と笑みを見せる。

「今、お城に西の商人が来ているので、麗媛さまも見にいきませんか？」

「西……ですか？」

大陸の西側には、麗媛の生まれ育った真国がある。そこから来た商人ならば、もしかして自分の紅い瞳についての話を知っているかもしれない。

——宮廷の皆を騙《だま》すつもりはないけれど、呪いのことで暁さまに迷惑をかけるかもしれない。

「海の向こうの西の外《と》つ国《くに》です。見たことのない織物や敷物があって、姐さんたちが楽しそうに商品を見てました。きっと麗媛さまも、見たら元気が出ます！」

小さな手が、麗媛の襦裙をつかむ。

彼にはわかっていたのだろう。天暁が出かけてからというもの、麗媛がひそかに沈んでいたことが。

「わかりました。では、案内してもらえますか？」

市へ出かけて以来、少しずつ和らいできた表情で頼むと、浩然が俄然明るく頷いた。

広い院子《なかにわ》へ出向くと、一角に市を思わせる人集《ひとだか》りができている。

「アイヤ！　それはわたしが先に見つけたのよ、敏敏《びんびん》、手を出さないでちょうだい！」

「いいえ、わたしのほうが前から狙っていたんだから、そっちこそ人真似小猿はおよし！」

見慣れた女官たちが、甲高い声で取り合いをする姿を見て、麗媛は思わず目を細めた。女性が元気な国は、勢いがある——とは、以前に天暁が教えてくれた言葉だが、それはあながち間違っていないように感じる。

真国にいたころ、宮廷内では劉権の絶対的な権力に誰もが傅《かしず》き、畏《おそ》れ、息を潜めていた。あれはあれで、ひとつの政治なのだろうとは思うが、紅藍の民のほうが毎日楽しそうに見える。

「あっ、麗媛さま。――す、すみません、お茶菓子をもらいに行ったのに寄り道していて……」

女官たちに交じって、硝子細工《がらすざいく》の小鳥を手にしていた小芳が、首をすくめた。

「謝ることはないのです。わたしも見てみたかったからちょうど良かった。お買い物をしてから、浩然も小芳も一緒にお茶にしましょう」

「はいっ！」

右手をぴーんと伸ばして、浩然が天真爛漫《てんしんらんまん》に返事をする。

「もう、浩然ったら……。ありがとうございます、麗媛さま」

麗媛が来たことを知ると、顔見知りの女官たちが場所を空けてくれた。石畳の上に、見たことのない異国風の植物が描かれた布が広げられ、反物や置物、巾着や手鏡、菓子のようなものまで並んでいる。

「これは……文鎮《ぶんちん》かしら。それにしては、ずいぶん不思議な色をしているのね」

小芳が見ていた小鳥と同じくらいの大きさの、色の入った硝子細工を手にとると、麗媛は太陽にかざしてみた。きらきらと輝く子猫は、瞳の部分が麗媛と同じ紅色をしている。

「ちょっとお、それもわたしが先につかんだのよ！」

「エイシャ、欲張りもほどほどになさいな。そんなに買ったら、旦那のおかずがなくなるよ！」

まだ品物を取り合っている女官の声を聞きながら、麗媛はひとつひとつの商品をじっくり眺めていく。宝石を縫いつけた異国情緒あふれる帯に、子ども用の靴、それから高価な美容薬まで、品揃えは豊富だ。

「麗媛さま、新しいお衣装を仕立ててはどうですか？　あの布は、とってもあたたかいので冬に便利なんです」

小芳に教えられて手にとってみたのは、厚手の織物だった。しっかりとした布目は、たしかに冬場でも着られそうである。

「紅藍の冬は寒いのですか？」

小声で尋ねた麗媛に、浩然が珍しく真顔でうんうんと頷いた。

「ボクは鼻水まで凍ったことがあります。冬の朝はとっても寒くて、手がちりちり痛いです」

「鼻水まで……!?」

「泣くと睫毛も凍るので、冬は悲しいことがないほうがいいです」

同じ大陸であっても、気候はずいぶんと違う。そのことを知っていたつもりだったが、寒さについては初耳だ。

麗媛は手にしていた布をきゅっと握り、意を決して商人に話しかける。

「すみません、この布と同じくらいの厚手のものはほかにもありますか？」

「ハイヨ、これとこれ、それからこっちも冬にいいヨ！」

小芳が「そんなに買ってだいじょうぶですか……？」と心配するほど布を買い、浩然に手伝ってもらって夏鵬宮まで運んだ。

――わたしにできること。見つけた。

麗媛は裁縫道具を用意し、お茶を終えると早速準備に取りかかった。

天暁の冬の袍《ほう》と、朝早くから働く浩然と小芳におそろいの上着を作るのだ。幸い、裁縫だけはそれなりにできる。初夜のために麗媛が作った天暁の夜着を、彼はとても気に入ってくれていた。

――暁さまが戻られるまでに、あたたかい袍を縫おう。

麗媛が縫い物にいそしんでいるという噂《うわさ》は、女官の間でたちまち広まった。

「真国の公主《こうしゅ》さまだなんて、鼻持ちならない女じゃないかって思っていたけど、麗媛さまを見ていたら健気で生真面目で、応援したくなるねエ」

「アンタなんかに応援されなくたって、麗媛さまは将軍さまに溺愛されてるんだから問題ないよ。まったく」

くだけた物言いは多いが、女官は女官。宮廷勤めの長い彼女たちは、女を見る目に長けている。

年上の女官たちが麗媛を好ましく思っているのを知るたび、小芳はひそかに胸をなでおろしていた。

◇◇◇

最初に作った袍が完成し、次に小芳の上着を作ろうと考えていたところへ、女官ではなく官吏が夏鵬宮を訪れた。

黄龍城と違い、この国には後宮がない。そのため、男性の立ち入りを禁ずることもないのだが、皇族の后《きさき》が住まう区域には暗黙の了解で女官だけが出入りをしている。例外として浩然がいるが、彼はまだ子どもだ。

「麗媛公主、真国の劉権太子より使者がいらしております。朱夏城までご案内いたしますので、速やかな支度をお願い申しあげます」

小芳と共にそれを聞き、麗媛は久方ぶりに血の気が引くのを感じた。

劉権の使いということは、兄の企みに賛同する人間だろう。そして、使者は麗媛が凶花と呼ばれていたことも知っている。

――呪いは解けるのかもしれないけれど、お兄さまの呪縛はまだわたしの足首に絡みついている……

消え入りそうな声で返事をし、小芳に手伝ってもらって急ぎ、支度を整える。祝融門《しゅくゆうもん》の外では、祭りをやっているらしく、子どもたちのはしゃぐ声が聞こえてきていた。

使者として紅藍へ来たのは、劉権の片腕と名高い張秀英《ちょうしゅうえい》。濃い眉と、切れ長の細い目の男だ。

「公主さまはご健勝のご様子。劉権太子にあられましては、妹御の幸福を日々願っておられるとのことでございます」

慇懃無礼《いんぎんぶれい》な口調で告げつつも、秀英は決して麗媛の名を口にしない。それどころか、使者という立場でありながら、麗媛の顔さえ正面から見ることはない。

――これが普通だった。呪われた公主と近づきたいと思う人間など、真国にはいなかったのだもの。

「つきましては、我らが太子より妹御に宛てた書状をお届けに参上した次第でございます。こちらに」

真国の皇家を示す紋様の入った塗箱《ぬりばこ》が差し出され、麗媛は「長旅、お疲れさまでございました」と受け取る。指先が震えていたことを、秀英は気づいただろうか。フンと小さく鼻を鳴らし、使者は麗媛を見下した。

――お兄さまからの、手紙……

夏鵬宮に戻った麗媛は、小芳に下がるよう命じ、ひとりになって自分の肩を抱きしめる。気を抜くと指先は震え、奥歯が鳴りそうなほど、その身に劉権の恐怖は染みついていた。

書状に書かれていたことによれば、六十日後を目処《めど》に真国の軍は紅藍へ攻め入る予定だという。それまでに、天暁に災厄をもたらし、ひとりでも多くの民と接せよと書かれた文面を読んで、麗媛は床にくずおれた。

兄にとって、あくまで自分は呪いでしかない。他国に嫁ぎ、幸せに暮らすことなど望まれていなかったのだと、わかっていながら目の奥がじんと痺《しび》れる。鼻がつんとし、泣きそうになるのをこらえながら、麗媛は書状を塗箱にしまった。

――でも、真国が攻め入るのはあくまで弱体化した紅藍。つまり、わたしの呪いが解けていれば、この国に災いが起こることはないのだから……

こんなとき、天暁がいてくれたなら、胸に立ち込める不穏を笑い飛ばしてくれただろう。天暁さえいてくれれば、麗媛はいつだって明るい心でいられた。

だが、その彼は洛壕《らくごう》へ行っている。

――暁さま、わたしはほんとうにここにいて良いのでしょうか……？

鏡に映る紅い瞳を見つめて、麗媛は奥歯を噛《か》みしめた。

◇　◇　◇

天暁が皇都へ戻ったのは、秋雨の冷たい夜だった。

入浴を終えて、髪の雫がまだ乾ききらぬうちに、麗媛は閨《ねや》にひとり、塗箱を寝台の下に隠して不安に震えていた。湯上がりの体はじゅうぶんにあたたかいというのに、夜毎の悪夢から体調が思わしくない。書状を誰にも見られるわけにいかず、かといって処分することもできずに、塗箱ごと隠している。

呪いは解けると天暁が言ってくれたのだから、疑う理由はない。麗媛にとって、彼は神にも等しい絶対的な存在だ。なればこそ、この国に災厄など起こらないと信じることはできる。

だが、紅藍が弱体化しているかどうかなど、劉権にわかるものだろうか。

――お兄さまは、わたしの呪いと暁さまの人間性を計算したうえで、紅藍が必ずや不幸に見舞われているとお考えになる。そうしたら、呪いによる悲劇が起こらずとも攻め入ってくるのでは……

否、政治において下調べもなく行動を起こすなどあるはずがない。そう思ってはいても、麗媛は不安でならなかった。

　彼女にとって、天暁が安らぎの絶対的な存在だとすれば、劉権は畏怖の絶対的な存在なのだ。十七年間、虐げられて暮らしてきた心と体には、異母兄の恐怖が根ざしている。

　夜の雨は屋根を打ち、閨内をもしっとりと水中に沈ませたようだった。濡れ髪からぽつりと水滴が落ちて、麗媛の夜着にしみができる。

　このままではいけない。そう思うけれど、相談する相手もいない。

　そのとき、不安に押し潰されそうになった麗媛の耳に、かすかに足音が聞こえてきた。

　――こんな夜更けに、誰が……？

　小芳が来客の対応をする声に次いで、雨に濡れた袍を布で拭いながら天暁が閨房《けいぼう》に顔を出す。

「……っ、暁さま……⁉」

　彼がいつ帰るのか、麗媛はまったく知らなかった。しばらくかかるとは聞いていたものの、それが今夜だとは。

「ただいま、麗媛。こんな姿ですまない。あなたの顔が見たくて、帰ってすぐここに来てしまったよ」

　冷たい指先が、麗媛の頬をなぞる。少しやつれた顔からは、彼が疲れていることがありありと伝わってきた。それでも、帰ってすぐに夏鵬宮へ来てくれた。会いたいと、思ってくれた。

「おかえりなさいませ……」

麗媛は、彼の胸にすっと体を寄せる。砂埃《すなぼこり》で湯上がりの体が汚れることも気にならなかった。ただ、愛しいひとの帰還が嬉しかった。

「こんなに熱烈に出迎えてもらえるだなんて思わなかったよ。どうした、何があった？」

察しのいい夫に、麗媛は黒髪を揺らして首を横に振った。

「いいえ、あなたにお会いしたかったんです。暁さまがいらっしゃらないと、とても寂しかったから……」

「かわいらしいことを言う。このまま寝台に押し倒される覚悟はできているんだろうね」

天暁が麗媛を抱き上げると、彼女の頬に鼻をすり寄せる。そのまま寝台に倒れこみ、体を弄《まさぐ》られた。

「ああ……、麗媛の香りだ。あなたの肌にどれだけ触れたいと願っていたことか……」

雨音が、ふたりの声をかき消した。彼の手から、敷布の上に何かが落ちる。

それは、約束の証《あかし》。鈴蘭の歩揺だった。

「ん……っ……、暁さま、お疲れなのに……」

「疲れているからこそ、あなたに癒やされたい。麗媛、ずいぶんと表情が豊かになった。黄龍城で会ったときとは別人のようだね」

長い指が夜着のなかへ忍び込む。はだけた胸元に顔を寄せ、天暁が舌先で甘いいたずらをしかけだした。

「嬉しそうな顔も、寂しそうな顔も、それから感じている顔も――私だけに見せておくれ。かわいい麗媛……」

軋《きし》む寝台に、麗媛は幾度となく腰を跳ね上げる。注いでも注いでも注ぎきれない、天暁の愛情が雨と一緒に降り注いだ。

第四章　巫山《ふざん》の夢《ゆめ》

秋は世界の色を変え、静かに冬へと移りゆく。日に日に風が冷たくなる時季だというのに、麗媛《れいえん》の暮らす夏鵬宮《かほうきゆう》は女たちの声で賑《にぎ》わっていた。

「麗媛さま、この裾はどう処理するんですか？」

「ちょっと、順番を待ってよ。今、麗媛さまに教えてもらってるのはあたしなんだから」

時間が空くと、女官たちが裁縫道具を持って麗媛の宮へやってくる。始まりは、身近なひとたちに作った防寒用の上着だった。

天暁《てんぎよう》には大袖《おおそで》の袍《ほう》を、そして小芳《しようほう》と浩然《こうぜん》には曲裾《まがりすそ》の深衣《しんえ》を基に、普段使いできる丈に調整した上着を縫い上げたのだ。

それを見た女官たちが、こぞって麗媛に「作り方を教えてほしい」と言い出し、今では裁縫学校のような有様である。

——昔、乳母が教えてくれたことが、たくさんのひとの役に立っている。

寒さに震えていた幼い日の麗媛に、かつての乳母があたたかな上着の縫い方を教えてくれたのは、きっと彼女自身、いつまでも麗媛のそばにいられないことを知っていたのだろう。乳母がいなくなっても、麗媛が冬の寒さに凍えないよう、衣を作ってくれるのではなく、作り方を教えてくれたことに、今さらながら感謝する。

「おふたりとも、とてもおじょうずですね」

麗媛が女官たちの縫い目を見ていると、敏敏《びんびん》が嬉《うれ》しそうに袖で口元を覆った。

「教え方がいいからですよォ。麗媛さまが今、縫っていらっしゃるのは将軍さまの袍ですか？」

「は、はい……」

前に贈った袍を、天暁はとても気に入ってくれた。愛用してくれているだけではなく、彼は「麗媛が作ってくれたのだ」と皆に言ってまわるものだから恐縮しきりだ。

「浩然も喜んでおりましたよ。今日だって、麗媛さまが作ってくださった上着があれば寒くないと言って、薬草を摘みにいってるんですからねえ」

出がけに夏鵬宮に顔を見せた浩然は「麗媛さまのために、きれいなお花も探してきます！」と言っていた。小さな浩然のおかげで、冬が近づいてからも麗媛の房間《へや》はいつも花が飾られている。

「そういえば、先日の商人がまた来ていたんですけど、ここの城の女性は美容薬より布ばかり買うって笑っていましたよ」

「まあ、そうなんですか？　……っ、あっ」

指先に鋭い痛みがあった。あっと思って視線を落とすと、針で指を突いたらしい。白い指腹に、ぷつりと赤い玉が浮かぶ。

——いけない、ぼんやりしていたわ。

指先を口に含もうとした、そのときだった。

突然、外から大きな声が聞こえてきた。

「小芳！　小芳はいないか！」

年上の女官たちが裁縫をしに集まるなか、麗媛のお付きの侍女である小芳は、外廊の掃除をしていたはずだ。

「……どうしたのかしら」

布を下ろし、椅子から立ち上がると、麗媛は窓の外を窺《うかが》う。

幾人かの男性が、何かを運んでいる姿が見えた。その何かは——いや、誰かは、見覚えのある衣を纏《まと》っている。気づいた瞬間、麗媛の顔から血の気が失せた。

「——浩然！」

青地に白蔦の模様が刺繍《ししゅう》された上着は、麗媛が浩然のために縫ったものに間違いない。少年は、今朝もそれを着て出かけたのだ。

麗媛は叫んだ瞬間、外廊へ駆け出した。小芳を呼ばなければ。走ったことなどほとんどない、生まれついての公主《こうしゅ》が顔面蒼白《そうはく》で出て行く姿を見て、女官たちも顔色を変える。

小芳と共に外へ出ると、石畳に寝かされた浩然の姿があった。

「浩然、浩然！　どうして、何があったの？」

すでに半泣きの小芳が、頭から血を流す弟に抱きつこうとする。周囲の男たちが「揺らしてはいけない！」と小芳を止めるが、か細い体のどこにそんな力があったのか、侍女はそれを振りきって弟の小さな手を握った。

——どうして……？　呪いは解けると、暁《ぎょう》さまは仰《おっしゃ》っていたのに……！

麗媛の心に、己《おの》が呪われし運命が、またしても重くのしかかる。

いつも明るく笑っていた浩然が、今は紙のように白い顔をして横たわっている。大きな目は瞼《まぶた》に閉ざされ、唇は紫色をしていた。

「今、医務官を呼びにいっている。浩然は、崖の下に倒れていたんだ。おそらく、切り立ったところに咲いていた花を摘もうとでもしたんだろう」

浩然を運んできた男のひとりがそう言うと、小芳がぼろぼろと涙をこぼす。

「小芳、落ち着いて。浩然はだいじょうぶです。絶対に、助かります……！」

祈るような気持ちで手巾《しゆきん》を差し出すと、小芳はくしゃくしゃの顔でそれを受け取った。白い布を弟の頭に当てるが、手巾はすぐに血で真っ赤に染まった。

麗媛は髪に挿していた鈴蘭の歩揺《ほよう》を引き抜き、袖口のやわらかな布に突き刺す。刺した箇所から強引に袖を裂くと、それを浩然の傷口に添えた。

「これで押さえて。怪我をしたときは、傷口を押さえないと血が流れ出てしまいます」

「麗媛さま、ですがお袖が……」

「衣は着替えれば済むこと。浩然はたったひとりしかいないんです」

反対の袖も裂いている間に、官吏が駆けつけてきて浩然を医務官のところへ運んでいく。しゃくりあげながら弟に同行する小芳を見送って、麗媛はその場に立ち尽くした。ほんとうは、小芳と共についていきたかったけれど、もしもこれが凶花《きようか》の呪いのせいだとしたら――

「……浩然、ごめんね、ごめんなさい……」

石畳に残る、赤い血の色。

それは、少年の命の色であり、凶花の禍々《まがまが》しい呪いの色にも思えた。

「麗媛さまが気になさることではありませんよ。さあ、手を洗って着替えを。いつまでもそのような格好で外にいてはいけません」

いつの間にかやってきていた女官長が、麗媛の背をそっと撫でる。

自らの袖口を裂いて手当をしようとした姿に、女官たちは口々に「なんてお優しい方」と褒めそやしたが、麗媛には彼女たちの声も届かなかった。

――わたしのせいだ。わたしが浩然を自分の弟のように慈《いつく》しんだことが、あの子に災厄をもたらした。

冷たい水で手を洗ううち、麗媛の脳裏に異母兄の声が聞こえてきた。

『貴様の身に巣食う呪いが、紅藍に災いを運ぶだろう。せいぜい皇子にかわいがってもらうことだ、麗媛』

――誰のことも不幸になんてしたくないのに、どうして……!?

浩然の怪我《けが》は、見た目ほどひどいものではなく、日が落ちるころには意識を取り戻した。頭を切ったほかには、手足に擦過傷《さつかしよう》を負っただけで済んだという報告に、麗媛はその場でくずおれた。

浩然は無事だった。だが、これで終わりではないかもしれない。

凶花の呪いは、麗媛に優しくしてくれた紅藍の人々を襲う。今の彼女は、そう確信していた。

劉権《りゆうけん》の言葉による呪縛は、今なお麗媛を縛っているのだ。

「麗媛、あなたがそんな顔をしていたら、浩然も悲しむよ」

夜になって、心配した天暁が夏鵬宮を訪れたが、麗媛に笑みは戻らない。

弟に付き添う小芳の代わりに、今夜は梓琳《じりん》という中年の女官が控えの間に来ていた。

「ですが、暁さま……」

「あなたはとても勇敢で優しかったと、浩然を運んできた者から聞いた。袖口を破って、傷の手当をしようとしたんだって？」

麗媛と並んで寝台に腰を下ろした天暁は、優しい手で肩を抱く。そのぬくもりに包まれていても、今宵《こよい》は心が静まらない。

「手当なんて、そんな立派なことはできません。ただ、傷を押さえようとしただけで……」

朝は元気だった浩然が、真っ白い顔をして倒れていた姿が、いつまでも頭から離れない。できることなら、目を覚ました彼の顔を見たいと思った。

「……これは、わたしのせいなんです」

――だけど、もう会わない。もう会えない。

夜着の布地をきゅっと握りしめ、麗媛は小さな声で自分に言い聞かせる。

「浩然があなたのために花を摘んでいたのは、そんな顔をさせるためではないよ。笑ってもらいたくて、あなたのことを好きだから、あの子は花を……」

「いいえ、いいえ！　わたしが呪われた凶花の娘だから、優しくしてくれた浩然は怪我をしたのです。暁さまは、わかっていらしたのではありませんか……？　この紅《あか》い瞳《め》は、呪われた一族の証《あかし》。わたしの呪いは、決して解けないのです」

大粒の涙が頬を伝うと、天暁はそれ以上何も言わせないとばかりに麗媛の体を抱きしめた。

「そんな馬鹿なことがあるものか。あなたは呪われてなどいない。ほんとうは、そんな呪いなどありはしないんだ」

「違います。わたしは呪われているんです。兄が言っていました。真《じん》国の宮廷の者は皆知っていました。わたしだけが、呪いを信じたくなかったのです……」

燭台の灯《あか》りに照らされた寝台に、ゆらりと影が落ちる。天暁は、麗媛の言葉を奪うため、彼女の唇を接吻《せっぷん》で塞いだ。

「何も考えなくていい。あなたは呪われてなどいない。——いいかい、麗媛。あなたは……」

「いけません……！　触れてはいけません。わたしがあなたを愛《いと》しく思わぬよう、どうぞそばに来ないでください」

けれど、麗媛はありったけの力で夫の体を押しのける。

徐天暁という男を、すでに麗媛は愛してしまった。心から愛しいと思ってしまったのだ。それは、天暁に災厄が降りかかることを意味している。

「……できることならば、わたしを打《ぶ》ってくださいませ。そして、縛って冷水を浴びせ、薄暗い離宮に閉じ込めてくださいませ……。そうすれば、あなたは、あなただけは無事に――」

「ふざけるな！　そんなこと、できるわけがないだろう。よくお聞き、麗媛、あなたはほんとうに呪われてなどいないのだよ」

いつもなら、天暁の優しい声は麗媛の心まであたたかくしてくれた。不安を打ち消し、呪いは解けると信じさせてくれたものだった。

だが、もう幸福な日々は終わりを告げた。

長く短い、幸せな夢。これは巫山《ふざん》の夢《ゆめ》のようなものだったのだろう。生まれてこの方、ずっと小薇宮《しょうびぐう》だけが麗媛の狭い世界だった。恋を知らず、愛を夢見ることもなく、孤独の淵《ふち》で生きてきた自分に、ほんのわずかの間だけ訪れた、夢のような新婚生活。

「麗媛、あなたは――」

「もう、あなたの妻ではいられません。この国にわたしがいれば、兄はきっと……」

天暁に背を向け、麗媛は震える手で顔を覆った。

「ですからどうぞ、わたしを甚振《いたぶ》ってくださいませ。わたしがあなたを愛しく思わぬよう、痛めつけてください」

「――話を聞いてもらいたかったんだが、あなたは私をわかっていないようだね」

急に背後から抱き寄せられる。麗媛は、体勢を崩して天暁の胸に倒れこんだ。

「あなたの望む方法かわからないけれど、ひどくしてあげる。どんなに泣いてもやめないから、覚悟をおし」

左腕一本で抱きしめられ、脚を大きく開かされる。恥ずかしい格好だというのに、麗媛は逆らわなかった。

ひどくしてくれるというのなら、それに任せるべきだ。なにせ、自分は虐《しいた》げられるべき存在なのだから。

——今まで、優しくしていただいた。思い出だけでもうじゅうぶんだわ。ひどいことをしていただかなければ、わたしは暁さまを愛しいと思う気持ちを消せない……

夜着の裾がめくれ上がり、天暁の右手が内腿をなぞる。ゆっくりと秘処へ近づいては、かすめるように触れてまた膝まで撫で下ろす。その手がもどかしくて、麗媛は小さく身じろいだ。

「あ、あの……」

「おとなしくしていなさい。あなたは、ひどくされたいのでしょう?」

だが、この手つきは優しすぎる。ひどいことなどされていない——そう思えたのは、最初のうちだけだった。

「ひっ……、あ、あっ、暁さま、もう、もう……っ」

しとどに濡れた蜜口を、天暁の指がいやらしく出入りする。じゅぷじゅぷとはしたない水音が閨房に満ちて、麗媛は弱々しく首を横に振った。

「っ……い、イヤ、もう、わたし……っ……、ああ……！」

果てに手が届きそうになった瞬間、天暁は躊躇《ちゅうちょ》なく指を引き抜く。締めつけるものを失った隘路が、せつなく疼《うず》いた。

「――っっ、こ、こんな……あんまりです……」

「なぜ？　あなたが言ったんだよ。ひどくされたいと」

先刻から、天暁は指だけで麗媛を翻弄しては、達しそうになったときを見計らって行為を中断する。二度三度と繰り返され、敏感になった体が狂おしいまでに快楽を求めていた。

「そうではないのです……。もっと痛いことや、傷つけることを……」

「だったら、これはひどいことではないのだね。残念だな。私がほしくて泣きそうになっているあなたを見るのは、なかなかに楽しいのだけど？」

首を伸ばして麗媛を覗《のぞ》き込《こ》んだ夫は、どこか寂しげに、けれど嬉しそうに微笑《ほほえ》む。

「ほら、わかるかい？　あなたのここは、物足りなくてひくついている。今まで何度もあなたを抱いてきた、わたしの陽物を覚えてしまったのだろう。『挿《い》れて、挿れて』と涙をこぼしているね」

敷布までしたたる蜜を指ですくい、天暁が麗媛の口元に手を押しつけてきた。

「んっ……、や、やだ……」

「おやおや、あなたが濡らしたんだよ。わからないのかな」

恥ずかしくて顔をそらしても、腰を抱きかかえられたままでは逃げることもままならない。

「それとも、あなたはもう私なんて必要ないと言うつもりかい？　こんなに濡らして、私を誘っているくせに、抱かれるよりも打《ぶ》たれるほうがいい？」

天暁の下腹部で、ひどく昂《たか》ぶる雄槍の存在感がある。彼は抱こうと思えばいつだって抱ける状況にありながら、ひたすらに麗媛を焦らしていた。

「……や……めて……」

「やめてではないだろう。『挿れて』と言いなさい、麗媛」

中指と薬指が蜜口に突き立てられる。ずぶずぶと天暁の指をのみ込んで、濡襞がせつなさにいっそう蜜で濡れる。

「そうでないと、いつまでもこのままだよ。佚楽《いつらく》を覚えた体に、我慢は毒だ。さあ、言いなさい。私にどうしてほしい？」

「あっ……、あ、あっ、暁さま……っ」

なかで二本の指を広げ、か弱い粘膜を刺激しながら、天暁は決して天頂へ連れていってはくれない。

「指で達したいのか？　それとも、私に貫かれたいのか？　ああ、麗媛はひどくされたいのだから、このままずっと焦らしてもらいたい……？」

「違……っ……、あ、わたし、もう……っ」

――欲しい、暁さまが欲しい……！

みだらな責め苦に、腰が勝手に動き出す。天暁の指を咥《くわ》えこんだまま、自分から腰を振るのを止められない。

「おやおや、ずいぶんとひとり上手になったものだね。こんな格好で腰を振ったりして、麗媛はいやらしい子だ」

限界の近い麗媛をさらに感じさせようというのか、彼の親指が蜜で濡れた花芽をくるりと撫《な》でた。

「っ……あ、あ、ダメぇ……っ」

「イカせてあげないよ。あなたが求めなければ、ずっとこのままだ。ねえ、麗媛。わかるかい？　あなたは私の気持ちを蔑《ないがし》ろにしたんだ。こんなにもあなたを愛している夫の心も考えず、打《ぶ》ってほしいだなんてよく言えたね……？」

淫路がきゅうと締まったのを察して、天暁がまたも指を引き抜く。天頂間近で繰り返される仕置きに、麗媛は唇をわななかせた。

ひゅう、ひゅう、と喉が鳴る。頬は上気し、はだけた夜着から乳房が覗いている。胸には触れられてもいないのに、色づいた部分は充血し、天暁に愛されるのを待っていた。

「……わ、たし、は……」

――あなたに愛される権利などない。こんなわたしを、愛してはいけない。

呪われた身でありながら、麗媛はただ天暁を求める自分を知っている。疼く蜜口を押し広げ、逞《たくま》しい彼の灼熱で貫かれたい。奥の奥まで突き上げて、何も考えられなくしてほしい――

「挿れて……、挿れてください、暁さまぁ……」

涙声で懇願すると、天暁が息を呑《の》んだのが感じられた。腰に当たる陽物が、鎌首をもたげている。その切っ先がぶるりと震えたような気がした。

「いい声だ。もっとおねだりしてごらん。そうしたら、あなたのいやらしい穴を埋めてあげる」

「は、早く、早くくださいませ……！　暁さま、お願い……」

腰を抱く腕が緩み、天暁が両手で麗媛を抱き上げる。向かい合うよう体の向きを変えられ、両膝で腰を跨ぐ格好にされ、麗媛は羞恥に天暁の首にすがりついた。

「お仕置きだよ、麗媛。今夜はあなたを眠らせてあげない……、っ、く……」

濡れそぼった淫畝に、滾《たぎ》る情慾がめり込んでくる。待ち望んだ彼の熱で内部を穿《うが》たれ、麗媛は満悦の息を吐いた。

「もっとだ、もっと奥まで。あなたが二度と私から離れられないように……」

「ああっ、暁さま……っ」

寝台の上で絡みあうふたりの影が、ひとつになる。いつしか、燭台《しょくだい》の灯《あか》りは消えていた。薄闇のなかで、激しく貫かれながら、麗媛は全身で天暁の愛を感じている。

その愛に終わりはなく、その愛に果てはない。どこまでも堕ちていく愛慾の泥濘に細い爪痕を残して、麗媛は声が嗄《か》れるまで愛しいひとの名を呼びつづけた。

隣の間で、小さく衣擦《きぬず》れの音がしていたことにも、愛しあうふたりは気づけずに――

◇◇◇

翌日、麗媛は浩然の休んでいる房間へ見舞いに出かけた。異国の商人から買った珍しい菓子を持っていくと、頭を白い布で覆った少年は「わあ、ありがとうございます！」と明るい声をあげた。

「ボク、怪我をしたときのことをあまり覚えていないんです。でも、麗媛さまが自分の衣を破って血を止めようとしてくださったと聞きました。心配かけてごめんなさい。今度からは、もっと気をつけます！」

顔色もよくなった浩然にほっとし、小芳にはしばらく休んで弟についているよう言いつけて外に出ると、梓琳の姿がない。夏鵬宮から同行してきたはずだが、先に戻ったのだろうか。

そこに、顔見知りの女官が通りがかった。

「あの、梓琳を見ませんでしたか？」

麗媛の宮で、裁縫を教えたことのある女性だ。たしか名を敏敏という。

「……いえ、見ておりません」

──どうしたのかしら。なんだか様子がいつもと違うわ。

硬い表情をした女官は、麗媛と距離をとって頭を下げたまま返事をした。普段は、もっと親しく話しかけてくれていた記憶だが、今日は空気が張り詰めている。

「そうでしたか。呼びとめてごめんなさい。あの、また落ち着いたらお裁縫にいらしてね」

気分を害していなければいいのだが──そう思いながら声をかけると、敏敏は「滅相もない！」と首を横に振った。

「御用がないようですので、わたくしはこれで失礼いたします」

「あ……」

ここは紅藍《こうらん》だというのに、女官の拒絶は真国で感じたものとよく似ている。浩然の怪我が原因だろうか。やはり、彼にいつも花を摘んできてもらっていたのは間違いだったのかもしれない。この季節に花を探すのは大変なことだろう。

――そのせいで、浩然は怪我をしたのかもしれないから……

これからは無理を頼まぬようにしなければ。そんなふうに思っていたが、女官の態度が変わったのは、浩然のことが原因ではなかった。

梓琳の姿が見えないので、ひとりで夏鵬宮まで戻ると、大きな木で陰になった向こう側から「ええっ、呪いってほんとうに?」と声がして、麗媛はびくりと足を止める。

「ほんとうよ! だって、昨晩おふたりが話しているのを聞いたんだもの。麗媛さまは言っていたわ。『わたしは呪われた凶花の娘だから』って!」

「凶花……って、前にどこかで聞いたことがあるわ。大蛇に呪われた一族のこと?」

「まさか、そんなわけないじゃない」

ひとり、すごい剣幕で語っているのは梓琳に違いない。聞かれているなど、考えもしなかった。昨晩、たしかに麗媛は、天暁にそう言った。

だが、梓琳の立ち聞きを責める気持ちはまったく湧いてこず、自分が皆を騙《だま》していたことを知られる恐怖に心臓が早鐘《はやがね》を打つ。

「……だけど、そういえば前に来た商人が言っていたわ。ほら、あの西から来た商人よ。紅色《あか》の瞳の麗媛さまを見て、こっそり教えてくれたの。大陸の西側には、呪われた紅い目の一族がいるんだって……」

「ちょっと、そんな馬鹿らしい話をほんとうに信じるの？」

「だって、ほかに見たことないわ！　真国の民だって、皆が皆、紅い瞳をしているわけじゃないんでしょ？」

——ごめんなさい、ほんとうのことを言わずにいてごめんなさい……

麗媛は、足音を立てないようその場を立ち去った。

逃げることしかできなかった。あれ以上、話を聞くのも恐ろしかった。

この国に来てから、ずっと幸せだったのは、自分が凶花の娘だと知られていなかったからだ。呪われた公主と知れれば、誰も麗媛と話したいとは思うまい。それどころか、真国の女官たちと同じく、目も合わせず、口もきかず、近くにいるだけでも不愉快に思うだろう。

それでも、優しい紅藍の女官たちに災いが降りかかるよりはずっとましだ。ひとりでいることには慣れている。

ひとの優しさを知らなかったころに戻ればいい。笑顔を忘れていたころに戻ればいいだけだ。

夏鵬宮へ着いたとき、頬が涙で濡れていることに気づいた。衿まで冷たくなっている。

「……いっそ、呪いはわたしにだけ害をなせばいいのに。どうして、どうして……」

足速に閨房《けいぼう》へ向かい、膝をついて寝台に顔を埋めた。嗚咽《おえつ》が漏れぬよう、声を殺して泣くほどに、胸の痛みは増していく。

なぜ、孤独なままでいられなかったのだろう。紅藍に嫁いでくることに逆らえずとも、誰ともかかわらずにいることはできたはずだ。

そうしなかったのは、自分が弱かったから。

ひとの優しさに触れたかった。誰かと話をしたかった。共にお茶を飲み、裁縫をし、ときには商人の持ってきた珍しい品々を眺め、普通の人間と同じように暮らしたかった。

だが、それは過ぎた願いだと、誰よりも麗媛自身が知っていた。

──わたしには、普通の幸せなんて許されていなかった。わたしが幸せになれば、周囲の人々が不幸になる。それを知っていたのに、どうして……

「──麗媛さま？　お戻りなら、声をかけてくださいまし。勝手にいなくなられては、こちらも困りますゆえ」

不意に梓琳の声が聞こえてきて、麗媛ははっと顔を上げる。

「……ご、ごめんなさい。少し疲れたので、今日は閨房で休みます」

「そうですか。では、わたしは控えの間におりますので何かありましたら仰ってください」

こんなとき、小芳ならば「薬湯をもらってきましょうか?」と麗媛を気遣ってくれた。それは彼女が呪いのことを知らなかったからだ。

——梓琳は正しい。わたしなんかにかかわらないほうがいいのだわ。

以前のように、感情を殺すことができるだろうか。涙に濡れた紅い瞳で、麗媛は窓の外の空を見上げる。

あの空に、手が届く日は来ない。

どれほど憧れたところで、自分は地を這って生きていくしかない。

——知っていたのに、夢を見てしまった。

頬を伝う涙は、あとからあとから滴り落ち、麗媛の視界が歪んでいく。

空に憧れるよりも、すべきことはあった。愛するひとを守るため、麗媛は夏鵬宮から外へ出ないことを決意した。

自分にできることは、それくらいしかないと彼女は知っていた。

◇　◇　◇

「——って噂《うわさ》なんですよ、暁将軍」

言いにくそうにしながら、けれど好奇心の滲んだ声で、清穆《せいぼく》が天暁の妻に関する女官たちの間の噂を報告してきたのは、夕刻間近だった。

視察で朝から出かけていた天暁が城へ戻り、馬房で愛馬の毛並みを確認しているところへ、清穆がやってきたのだ。

遠く夕陽が山間に落ちていくのを眺め、柱に背をもたせる。腕組みをしたのは、苛立《いらだ》ちをごまかすためだった。

彼の不機嫌さに呼応したように、ヒヒン、と愛馬が高い声をあげる。

「それで？　清穆はそのくだらない噂を信じたのかい？」

紅い瞳は呪われた女の証《あかし》。

蓉《よう》麗媛は、真国のお荷物だったから、姉たちではなく末妹が紅藍の皇子にあてがわれた。彼女を愛する者は皆不幸になり、しまいには国さえも滅ぼすというのだから、天暁が知るかぎりの凶花の呪いよりもひどい話だ。

「それでって、いや、暁将軍の奥さまが呪われた娘だというんですよ⁉　もしそれがほんとうなら、いちばん危ないのは将軍じゃありませんか！」

だいたい、あの瞳の色は珍しいなんて話で済ませられるものではありませんよねえ、と続けてから、清穆は天暁の表情に気づいたのか、ひっと息を呑《の》む。

「あ、あの、いや、まあ、ただの噂ですから……」

「そう。ただの噂だとしても、我が妻を愚弄されて喜ぶ男だと思われたのなら心外だね」

薄く口元に笑みを浮かべながらも、天暁は冷たい眼差《まなざ》しで臣下を睨《ね》めつける。

いずれ、こんな日が来ることは想定していた。麗媛が真国でどのように扱われてきたかを、彼は事細かに調べてある。遠く離れた紅藍にあっても、真国から麗媛の噂が聞こえてきてもおかしくない。

――だが、今は時期が悪い。

浩然が怪我を負った直後というのは、麗媛の呪いの噂に信憑性を持たせるのにじゅうぶんすぎた。

「申し訳ありません。暁将軍を愚弄するつもりなどなかったのです。ただ、将軍が心配で……」

「ならば、今後その話は二度と私の耳に入れないでもらおう。根拠のない噂話で妻を傷つけられるなど御免だ。わかったね」

「はい！」

柱から背を離すと、天暁は怒りを隠しもせず、大股に歩きだす。清穆の耳にまで入ってくるということは、噂好きの女官たちは皆知っているのだろう。

——常ならば、小芳と浩然が麗媛を守ってくれただろうが……明るく元気な浩然は、昨日の怪我で休んでいる。姉の小芳は、浩然の看病をしているに違いない。

麗媛はどうしているだろうか。

自然と、足が夏鵬宮へ向かう。

繊細で、心優しい妻の耳にも、心ない噂が聞こえている可能性は高い。そうなれば、彼女は間違いなく罪悪感に苛《さいな》まれる。麗媛はそういう女性だ。

——こんなことなら、呪いなど存在しないともっと早くに言っておくべきだった。いや、そうでなくとも、私が彼女を妻に望んだ理由を話して聞かせれば良かった。どれほど、麗媛を妻に迎える日を心待ちに生きてきたのか、ずっとずっとあなたを想ってきたのだと話しておけば良かった……！

いつしか、天暁は夏鵬宮へ向かって駆けていた。一秒でも早く、愛しいひとに会いたい。泣き濡れているならば、その涙を拭って抱きしめたい。呪いに怯《おび》えることはないのだと、すべてを話してやりたい。

夕陽が朱夏城を橙色に染める。石畳を蹴る靴音を響かせ、天暁は愛するひとのもとへ走った。

「麗媛、具合が悪いと聞いたよ。どうしたんだい、薬湯を持ってこさせようか?」

事情を察していながら、自分からそのことは口にせず、天暁は夏鵬宮の閨房に足を踏み入れる。

小芳の代わりに麗媛の世話をさせていた梓琳は、疲れたから休むと言った主《あるじ》の心配もせず、外でほかの女官と噂話に興じていた。

「……いえ、だいじょうぶです。今日は、どうかひとりにしておいてくださいませ」

寝台から、弱々しい返事が聞こえてきて、天暁は胸を撫でおろす。

思いつめた彼女が姿を消していたり、その身を傷つけたりしていたら――そんな不安もあったのだ。

「そんなすげないことを言わないで。私はあなたの顔を見ないと安心なんてできないよ。具合が悪いときこそ、頼っておくれ」

枕元にしゃがみ込むと、湿った空気を感じる。泣いていたに違いない。そういえば、先ほどの声も涙声だった。

「麗媛、顔を見せて。それとも、私のことが嫌いになった?」

「そんな……、そんなことはありません。ですが……」

またもひと安心だ。彼女は知らないのだろう。愛する妻の一挙手一投足に、将軍である天暁が翻弄されていることなど、思いもつかない。ひととかかわることが少なく育ったせいなのか、麗媛は年齢よりもずっと無垢《むく》な女性だ。

「だったらほら、こちらを向いてごらん」

三度《みたび》の懇願に根負けしたのか、麗媛がやっと上半身を起こす。黒髪はくしゃくしゃに乱れ、単衣《ひとえ》姿に目元を赤く腫らしたまま、彼女は睫毛《まつげ》を伏せた。

「泣いていたんだね。誰かがあなたに意地悪をしたのかい？」

「……いいえ、そうではありません」

「だったら、私が恋しくて泣いていたのかな？」

「…………いえ、あの……」

言葉を濁す麗媛は、躊躇《ためら》いながら視線を上げる。こんなときでも、彼女の真紅の瞳は美しい。

――ああ、そうだ。これほどまでに美しい瞳を、なぜ呪いの証だなんて思えるものか。

乱れた髪を指で梳《す》いてやると、麗媛が下唇をきゅっと噛んだ。

それからひと呼吸おいて、彼女が重い口を開く。

「わたしを、隔離してくださいませ」

「……またその話？　昨晩で飽きたと思ったのに、あなたはなかなか頑固だね」

「暁さま、わたしは本気です」

まっすぐにこちらを射貫《いぬ》く眼差しは、冗談でごまかされまいと気を張っているのがありありと滲んでいた。

「私も本気だよ。だから、今日は大切な話をしたい」

――あなたは、呪われてなどいない。呪いなど、ただの伝承にすぎない。

「では、そのお話を聞いたら、わたしを……」

「あなたを隔離することも、あなたを真国に帰すことも、あなたと離縁することも承諾しかねる。麗媛、私たちは夫婦なのだから、離れることはできないんだ。それに、あなたは私の子種をあれほど注がれて、もしかしたら新しい命を宿しているかもしれないと考えたことはないのかい？」

青ざめた頬に、さっと朱が走る。

抱かれることが子を成す行為だと知っていても、彼女は拒んだことがなかった。天暁のほうとて拒まれたところで、やめるつもりなど毛頭ない。できることならば、彼女が早く孕《はら》んでくれないかと願っていたのだから。

「わたしと同じ、紅い瞳の子どもが……？」

しかし、次の瞬間、麗媛の瞳から新たな涙が滴りはじめる。

「そうなったら、わたしは、わたしは……」

悲痛な声に、天暁の胸はきりりと締めつけられる思いだった。考えるより早く、両腕が妻を抱き寄せる。

「何も怖がることはないよ。あなたの子は、私の子だ。皆で幸せに暮らそう」

「できません……！　きっと、兄が許しません……」

異母兄である劉権太子を、麗媛が恐れている理由は明白だ。それについても調べはついていた。劉権は、凶花の娘だという理由で麗媛をひどく折檻《せっかん》してきたという。

「麗媛、いいかい、よくお聞き。あなたは呪われてなどいないんだ」

「……えっ……？」

腕のなかで、愛しい女性が体をこわばらせる。十七年間、呪われた娘と呼ばれて生きてきた彼女にとっては、信じられない言葉だろう。

「すまない、もっと早くに言おうと思っていたのだけれど、あなたを納得させられる証拠がまだそろわなくてね。あなたの母上が生きていれば、話は違ったのかもしれないのだが――」

「……暁さまは、お優しいのですね」

顔を上げた麗媛が、弱々しく微笑《ほほえ》んだ。その瞳に、希望の光は見当たらない。諦めだけが、彼女を沈ませる。

「嘘《うそ》ではない。あなたは呪われていないんだ。突然そんなことを言われても信じてもらえないだろうと思って、最初は呪いを解く方法があると言った。けれど、そもそも麗媛は呪われていないのだから、その呪いを解く必要もないいんだよ」

「いいのです。わたしは、ひとりには慣れています。ただ、暁さまや紅藍の民を苦しませたくないだけ……」

抱きしめた腕から、するりと麗媛が抜け出していく。強く抱きしめれば、彼女を苦しめる。だが、抱きしめる腕が弱ければ、こうして逃げられてしまうのだ。

「違う、そうではない。あなたの母上のことも調べているんだ。鈴媛《りんえん》さまは――」

「やめてください……！」

聞いたこともない大きな声で、麗媛が天暁の言葉を拒絶した。

己の薄い肩を両手で抱きしめ、彼女は寝台の上で震えている。

「もう、いいのです。もう何もいりません。夢を見たくありません。わたしは……ひとりでいいのです……」

――違う。

「どうぞ、わたしを自由にしてくださいませ。暁さまが優しくしてくださったことは、生涯忘れません。これからは、誰にも迷惑をかけぬ遠いところで、ひっそり生きていきたいのです……」

——違う、そんなことをさせたいわけではない。

「あなたは、あなたに似合いの女性を娶《めと》って、幸せになってください」

「違う！」

華奢《きゃしゃ》な体を寝台に押し倒す。逃すまいと、しゃにむに唇を吸う。怯えた麗媛が両手で肩を押し返してきても、天暁はそれを許さなかった。

「あなたは、そんなに簡単に私を捨てるつもりか？　それが許されると思っているのか？」

言いたいことは、そんなことではないというのに、天暁は愛する女性に拒絶される胸の痛みに冷静さを欠いた。

「我が妻を、私が簡単に手放すとでも？　そんなことをさせるはずがないだろう」

「暁、さま……」

「逃げる気力もなくなるまで、さんざん抱いてあげようか。それとも、孕むまで足枷《あしかせ》でもつければいいのかい？　ははっ、それでは、あなたの望む監禁に相違ないね……？」

大きな目が、怯えに揺れる。それを見て、後悔したところで口に出した言葉は取り返しがつかない。

「だけど、私はあなたを監禁などしない。ただ、時間の許すかぎり愛することにしよう。さあ、麗媛、今夜もその美しい体を見せておくれ」

自分のなかに、これほどの冷酷さが存在することを、知らなかったとは言わない。徐天暁という男は、自身をよく知っている。

最適な方法を選ぶために飄逸《ひょういつ》なふりをして、たまに戯《おど》けてみせれば相手は油断することを経験則から学んだのだ。

——ああ、違う。あなたにだけは、そうではない私を見てほしかったというのに。

「いや……っ……」

乱暴に引き裂いた単衣が、麗媛の白肌をいっそう淫猥に見せつける。あらわになった胸の膨らみを隠そうとする腕をつかみ、片手で両の手首を頭上に押さえつけた。

「ああ、そうやって抵抗するあなたもかわいらしいね。どんなに抗《あらが》っても、私に力でかなうわけがないというのに。いいよ、もっと泣いてごらん。私が慰めてあげるから……」

いとけない胸元に顔を寄せ、舌先でちろりと舐《な》めると、麗媛の体が跳ねる。すべらかな肌に舌を這わせ、胸の膨らみを愛撫しながら、時折屹立《きつりつ》した部分を舐めてやる。感じやすい体は、天暁がしつけたものだ。

「ほら、もう感じてきているね。だいじょうぶ、何も考えられなくなるまで抱いてあげるよ。怖がらないで、あなたは私が守るから」

優しくしたかった。誰よりも優しく、誰よりも慈しみ、彼女のつらい十七年間の日々を慰めてあげたいと願っていた。

それが、どうしてだろう。

嫌がる彼女を組み敷き、体を弄《まさぐ》ることに興奮する自分に、天暁は気づいてしまった。

「暁さま、どうか、どうかお許しを……」

「許さない。あなたは私のものだ。どこにも行かせないよ、麗媛」

――どこにも行かないで。そばにいて。

天女の羽衣を奪ったところで、地上に生きる男は妻を引き止められない。それでもなお、愛する女を逃すまいと、天暁は麗媛を抱いた。抱いて、抱いて、朝が来るまで。朝が来ても、まだ抱きつづけた。

◇　◇　◇

目を覚ますと、昼に近い。

胸元に残る赤い痕跡に気づいて、麗媛は我が身を抱きしめる。隣に眠っていただろう天暁は、姿を消していた。

「……こんなことを続けても、どうにもならないのに……」

凶花の呪いが宮廷内で噂になってからというもの、天暁は以前にも増して麗媛を執拗に抱く日々が続いている。

ことが終わっても、彼の腕から逃れられぬまま抱きしめられて眠り、朝になって前夜の醜態に歯噛《はが》みする。

このままではいけないと、互いにわかっているのだろう。それでもやめることができないのは、愛が執着によく似たものだからか。

寝台から起き上がると、床に落ちた夜着を羽織る。脚の間から、天暁が放ったものがとろりと滴るのを感じて、麗媛はその場にしゃがみ込んだ。

その拍子に、寝台の下に隠した塗箱が目に入る。ああ、そうだ。この書状を見せれば、天暁も考えを変えるかもしれない。なぜ忘れていたのだろう。否、忘れていたのではなく、思い出したくなかったのだ。

「麗媛さま、お目覚めですか?」

隣の間から、小芳の声が聞こえてくる。

彼女の耳にも、麗媛が呪われた公主だという噂は入っているだろうに、小芳は態度を変えなかった。そして、彼女の弟である浩然も、怪我が良くなって、また夏鵬宮に寄ってくれるようになった。

「……ええ、起きています。でも、今日は気分がすぐれないので、食事はいりません」

「でしたら、粥《かゆ》を作ってもらってはいかがでしょう？　何も食べないのは、体に負担です」

そう言われると、断るのも心苦しい。小芳は、いつも麗媛を心配してくれる。

「ありがとう。では、あまりたくさんは食べられないと思うので、少量でお願いします」

「かしこまりました。急いで作ってもらいますね」

もう何日も、外へは出ていない。

夏鵬宮に籠もり、夜になると天暁に抱かれる毎日に、麗媛はいけないと思いながらも、打破する道を知らなかった。

いっそ、自分がこの城から逃げ出せばいいのだろうか。そう思う日もあったが、もし劉権に知られれば紅藍に攻め入る理由を与えることになる。

――だからお願い、優しくしないで。

天暁は、呪いなど最初から存在しなかったと優しい嘘をついてくれた。これ以上、優しくしないでほしいと願うのは罪かもしれない。

かつて乳母が病に倒れ、紅藍に来てからは浩然が怪我を負い、麗媛は自分が呪いの元凶であることに疑いなどありはしない。このうえ、小芳や天暁にまで何かあったら、あとは自分を処するほかなくなるだろう。

――生きていたい。たとえ、もう二度と暁さまにお会いできなくてもいい。遠くから、あの方の幸せを願うだけでもいい。

そう思う、浅ましい自分を恥じたところで、心に嘘はつけなかった。

せめてもの願いは、天暁がこれ以上自分に優しくしないでくれること。そうすれば、互いに愛しく思わずに済むかもしれない。否、麗媛は今さら心を変えようがないが、天暁にとって自分という存在が、重く鬱陶《うっとう》しい、体だけのつながりの相手になればいいと願う。

愛するひとを苦しめる呪いだなんて、邪神はよくも思いついたものだ。自分が苦しむだけならば耐えられても、大切に思う相手が不幸に見舞われるのを平然と眺めることなどできない。だからこその呪いなのだ。

「――さま、麗媛さまぁ？」

窓の外から、浩然の声が聞こえてきた。

小芳がいない今、返事をする者は麗媛だけだ。

夜着の上から衣を羽織り、帯を緩く結ぶと、麗媛は房間へ足を運ぶ。顔を出さないほうがいいのかもしれないと知りながら、小さな浩然が呼ぶ声を無視できなかった。

「どうしましたか、浩然」

「こんにちは、麗媛さま！」

屈託ない笑顔で、少年が麗媛を見上げている。頭の怪我はだいぶ良くなり、今では瘡蓋《かさぶた》になっていた。傷口を消毒するため、髪を短く切ってしまったのだが、そのため以前よりも少しだけ大人びた雰囲気がある。

「こんにちは、怪我はもう痛みませんか？」

「はい、元気です。今日はこれから花庭の植え替えをしてきます。ボク、麗媛さまの院子《なかにわ》に珍しい牡丹《ぼたん》を植えるんです」

両腕で苗の入った箱を抱いた浩然が、少し表情を曇らせた。

「あの……今、お姉ちゃんはいないんですか？」

「ええ、厨房《ちゅうぼう》へ行ってくれています。何か用があるなら……」

「いえ！　麗媛さまにお聞きしたかったんです。いいでしょうか？」

何を、と尋ねるのは野暮だ。

――きっと、呪いのことでしょう。わたしのせいで怪我をした浩然が、気にしないはずはないもの。

心を決めて、麗媛は頷《うなず》いた。彼が知りたいと言うのなら、真実を語る。その心づもりはできていた。

「昨日も一昨日も、お姉ちゃん、転んだって言って膝を擦りむいていたんです。もしかして、誰かにいじめられてるんじゃないかって気になって……」

「小芳が、転んだ……？」

麗媛は、ひと言もそんな話を聞いていない。だが、裳《も》は足首までの丈なので、小芳の膝に擦り傷があったとしても気づけなかっただろう。

「お姉ちゃん、おっちょこちょいなところもあるけど、毎日転ぶなんてヘンですよね？　だから、もしかして意地悪されてるのかなって心配だったんです」

「……そう、だったのですか。では、小芳が戻ったら話を聞いてみます」

「ありがとうございます、麗媛さま！　じゃあ、ボク、お仕事してきます」

ぱっと明るい表情になった浩然は、苗を抱いて速足で院子へ向かう。

今日も、浩然は麗媛が縫った青い上着を着ていた。呪われた公主の作った衣を着ていて、何か言われることはないのだろうか。

そう思った瞬間、先ほどの小芳が転んだ理由が思い当たる。浩然だけではない。小芳もまた、麗媛の縫った上着を愛用しているのだ。

——もしかしたら、それが理由で嫌がらせをされているのでは……？

麗媛自身に対してではなく、麗媛に冷たく当たらない小芳が攻撃の的になるだなんて、以前だったら考えもつかなかった。今だって、そうであってほしくないとは思う。

気になりはじめると、居ても立ってもいられない。麗媛は鏡の前へ戻り、ひとりで着替えを済ませた。こんなときには、身の回りのことを自分でできて良かったと感じる。

髪を結い、鈴蘭《すずらん》の歩揺《ほよう》を挿しても、まだ小芳は戻らない。誰かと顔を合わせるかもしれないが、今はそんなことを言っている場合ではないと自分を鼓舞し、麗媛は夏鵬宮を出た。

――厨房へ行ったのなら、こちらの道かしら。

右手に青竹の並ぶ小径《こみち》を選び、久々の陽光に目を細める。腰がだるいのは、昨晩の名残だ。

見上げた朱夏城は、今日も変わらずそこにそびえ、じっと麗媛を見下ろしている。季節が移ろい、ひとの心が変わろうとも、不滅のものがある。ただそれだけのことに、麗媛はなぜか安《あん》堵《ど》した。

そのときだった。

竹藪の向こうから、声が聞こえてきたのだ。

「――でしょ。どんなに嫌がらせされても堪《こた》えないんだもの。あの子、以前から真面目で、少し気に入らなかったわ」

嫌がらせという単語に、麗媛は足を止める。

「弟が怪我をさせられたっていうのに、まだあの公主さまの味方をしているんだから、浩然もかわいそうよね」

「そうよ。だから、小芳の目が覚めるまで、わたしたちが教育してあげなくちゃ」

——ああ、やはりそうだった。

下唇をきゅっと噛んで、悔しさを押し殺した。今、麗媛が声をあげたところで、いっそう小芳への嫌がらせが増えるかもしれない。だからといって、黙って見ていることもできないのが蓉麗媛だ。

「だけど、すれ違いざまに転ばせるのは、いい加減に小芳だって警戒するんじゃないの？」

「うふふ、今日はもっといい方法よ。さっき、あの子、厨房へ行ったでしょう？　食事を運んでくるところをね——」

女官たちの悪だくみを聞いた麗媛は、こうしてはいられないと小芳のもとへ向かう。自分のせいで、彼女が怪我をするなんて耐えられない。否、自分に関係があろうとなかろうと、真面目な小芳になんの罪もないのは明々白々としている。

——小芳、小芳、お願いだからまだ厨房にいてちょうだい。

速足で女官たちが言っていた罠のある道へ向かいながら、麗媛は祈るような気持ちだった。

朱夏城には、三つの厨房がある。そのうち、皇帝と皇妃、並びに皇子、そして賓客《ひんきゃく》をもてなすための大きな厨房は、普段麗媛が食べる食事を作る場所ではない。残り二つのうち、官吏と女官の食事を司る厨房を、以前に麗媛は訪ねたことがあった。

先ほど話していた女官たち――そう、聞いたことのある声の者がいたが、誰だったのかは思い出せない。だが、彼女たちが話していた罠のある道は、麗媛の知る厨房からほど近く、そばに大きな池がある。

池の横の道は、雨のあとで水たまりができやすく、泥濘を避けるために渡し板を架けることがあった。

『あの渡し板に、細工をしてもらったの。うまく歩かないと板が跳ねあがるように――』

ほとんど走るような速度で件《くだん》の池のそばまでやってきた麗媛は、向こう側から歩いてくる小芳を見つけた。

「はあっ、はっ……、小芳！」

呼びかけると、粥の入ったらしき器を盆にのせた小芳が、驚いたように目を瞠《みは》る。

「まあ、麗媛さま。迎えに来てくださったのですか？」

――違うの、その渡し板を踏まないで！

叫びたいのに、息がきれて声が出ない。麗媛を見つけた小芳が、小走りで近づいてくる。このままでは、罠のある渡し板が――

考えるより早く、体が動いていた。

麗媛が駆け寄ろうとするせいで、小芳もますます足を速める。いけない、これではもう間に合わない。そう思った刹那――

「きゃあっ⁉」

渡し板に足を乗せた小芳が、前のめりにつんのめった。正面から小芳に近づいていた麗媛は、両腕を伸ばして侍女の体を押しとどめる。しかし、盆と器は宙に投げ出された。

「麗媛さまっ⁉」

「あっ、ああ、あ……っっ」

何が起こったのか、考えることはできなかった。頭の上から、熱い何かが降り注ぐ。それが粥だと気づく前に、麗媛は両手で目を覆った。

「痛……、痛い……っ……」

「麗媛さま、麗媛さまぁ……っ、どうして、どうしてこんな……！　誰か、誰か来て、麗媛さまが……！」

すぐに厨房から顔を出した者が悲鳴をあげる。麗媛の黒髪は粥にまみれ、地面に落ちた器が割れていた。その近くに、天暁に選んでもらった鈴蘭の歩揺も壊れて落ちている。

「ああ……、あっ……、う……、小芳……」

「はい、小芳はここにおります、麗媛さま……」

「小芳は……無事、ですか……？」

粥が入ったのか、熱さと痛みで目を開けられない。それでも麗媛は、侍女の心配をする。

「わたしは無事でございます……！　麗媛さまが、かばってくださったから……」

涙声で返事をする小芳の声を聞いて、ああ良かった、と小さくつぶやく。ああ、良かった。小芳が怪我をしなくて良かった。これ以上、大切なひとがつらい思いをしなくて良かった。

「良くありません……！　麗媛さま、わたしなんかのために無茶をなさらないでくださいませ……」

粥とは違う、生温かい雫《しずく》が麗媛の頬を打つ。それが小芳の涙だと気づくより先に、麗媛は意識を失った。

◇◇◇

どこからともなく、話し声が聞こえてくる。麗媛は夢現《ゆめうつつ》に、声の主を思い出そうとした。

「――です。幸い、粥はあまり熱いものではありませんでしたので、顔に火傷《やけど》の痕が残ることはありません。目も、じきに良くなるかと……」

「幸い、だと？　我が妻がこんな目に遭って、何が幸いなのだ」

「いえ、天暁さま、そのような意味ではありません」

「……ああ、麗媛、かわいそうに、なぜあなたがこんな目に遭わなければいけないんだ……！」

右手が、あたたかなものに包まれる。それは、天暁の手だ。見えなくてもわかる。彼の手は、いつだって優しく、強く、そしてあたたかい。

――では、先ほど話していたのは医務方の……？

自分が粥をかぶったことは思い出せる。小芳が無事で、ほんとうに良かった。再度、そう思ってから、麗媛はおそるおそる口を開いた。

「――暁さま……？」

どれほど意識を失っていたのだろう。喉が渇き、声がかすれている。

「麗媛！　意識が戻ったんだね。だいじょうぶだよ。あなたの美しい顔に、傷は残ったりしないから」

彼の手が両肩に移動し、壊れ物を扱うようにそっと麗媛を抱きしめた。

「わたし……、目が開きません。どうなったのでしょうか……？」

「無理に開けようとしてはいけない！　あなたは粥を浴びて、目を傷つけたんだ。包帯を巻いているから、しばらくは不自由するかもしれないけれど、おとなしくしているのだよ」

「目を傷つけた……」

呪いの証である紅い瞳。

指を伸ばして、目元に触れる。言われたとおり、そこには包帯らしき布の感触があった。

「だいじょうぶ、必ず治る。だから、今はゆっくり休んでおくれ。それから――悪質な行為は私が決して許さない。あなたを傷つけた者には、罰を……」

「いいえ、暁さま。それはなりません」

かすれ声のままで、麗媛はきっぱりと言い放つ。

「誰がやったことだとしても、このような事態になるとは考えていなかったでしょう。まして、わたしを狙ったことではありません。わたし以外、誰も怪我をしていないのなら、それでいいのです」

「そんなわけにはいかない！　麗媛、あなたは優しすぎる」

だが、事実あの罠は小芳を狙ったものだった。それに、渡し板は横に三枚並んでいたから、もしも小芳がほかの板を踏んでいれば、罠は発動しなかっただろう。

――わたしが、あのとき焦って小芳に声をかけたのがいけなかった。

それどころか、小芳ではなくほかの女官が怪我をしていた可能性もあったのだ。麗媛にすれば、傷ついたのが自分で良かったと心から思うばかりである。

「暁さま、あなたはいずれこの紅藍の皇帝となる方です。この程度を大事《おおごと》にすれば、人心が離れるでしょう？　どうか、今回のことはお心におおさめくださいまし」

そろそろと手を伸ばすと、指先が柔らかな毛に触れる。それが天暁の結った髪だとわかり、麗媛は彼の頭を撫《な》でた。いつも天暁がしてくれたことだ。

「そんな馬鹿な話があるものか。我が妻を傷つけたものを放っておけば、次にまた同じようなことが起こる可能性だって……」

「では、わたしをお裁《さば》きください。わたしがあのとき、小芳に声をかけなければ、このような事態にはなっていなかったのです。わたしは、わたしの不注意で怪我をしました。ですから、わたしを傷つけたのはわたし自身です」

「ああ、麗媛……。あなたはどうして……」

いつの間にか、人払いがされたのだろう。天暁以外のひとの気配はない。

「それと、どうぞ小芳が気にやまないよう、小芳は何も悪くないのだと伝えてくださいませんか？」

小芳を守って、麗媛はもちろん満足だが、そのことで小芳が悲しむ姿は見たくない。どちらにせよ、しばらくは目を開けられないようだが。

「――あなたはいつもひとのことばかりだ。こんなときくらい、私に泣きついてくれてもいいじゃないか」

いつもより、どこか少年を思わせる口ぶりに、思わず笑みがこぼれる。こうして笑えるようになったのも、紅藍に来たおかげだ。この国の民と、宮廷の女官たち、そして小芳と浩然、愛する天暁のおかげで、麗媛は感情を取り戻すことができたのだ。

「なんだって、あなたの言うがままに。その代わり、目が治ったら今度こそ、呪いが存在しないということをきちんと聞いてもらうよ。いいね？」

「わかりました、暁さま」

返事をしてから、麗媛はもう一度眠りにつく。天暁は、いつまでも麗媛のそばについていてくれた。

第五章　愛の真実

　朝晩の冷え込みが厳しくなってきても、まだ麗媛《れいえん》の目の包帯は取れない。空気は静かに肌を刺し、北方の山から吹き下ろす風は日に日に冷たさを増す。

　目はもう痛まないはずだと言われたのに、包帯を望んだのは麗媛自身だ。

「麗媛さま、おはようございます。今朝はずいぶん冷えますね」

　包帯と瞼《まぶた》に覆われて、朝の光で目を覚ますこともなくなった。それでも、世界は光に満ちている。

「おはよう、小芳《しょうほう》」

　寝台に近づいてきた侍女に返事をして、麗媛はゆっくりと身を起こした。

　怪我を負って以来、天暁《てんぎょう》が泊まっていくこともない。彼は麗媛を気遣い、彼女が眠ったあとにそっと夏鵬宮《かほうきゅう》を後にするようだ。

「今日は、何色のお衣装にしますか？」

「……お任せします。小芳の選んでくれたものを」

最初から、この目を潰していればよかったのかもしれない。最近ではそんなふうに思うこともある。

紅《あか》い瞳《め》を隠して暮らしたところで、呪いがなくなるわけではないとわかっていても、誰かを傷つけるくらいならば、自分が傷ついたほうがいい。

「では、麗媛さまによくお似合いの、牡丹《ぼたん》の襦裙《じゆくん》にいたしましょう」

着替えを終えると、小芳が髪を結ってくれる。ひとの手を煩《わずら》わせることに罪悪感がなくはないが、こうしていれば外へ出ることもなく、小芳以外と顔を合わせることもない。

「――あれ以来、嫌がらせをされたりはしていませんか？」

そのぶん、小芳に被害がないか心配になる。浩然《こうぜん》の怪我《けが》は完全に治癒したと聞いたが、この目で確かめることはできなかった。

「はい。将軍さまが手をまわしてくださいました。あっ、でも、罰を与えたわけではありませんので、心配なさらないでくださいね！」

天暁は約束を守ってくれたようだ。

そういえば、壊れた歩揺《ほよう》を彼が修理に出すと言って持って行ったはずだが、露天商で買った細工を修理してくれるものだろうか。

「さあ、髪はこれで完成です。麗媛さま、今日もお美しいです」

「……ありがとう、小芳」

朝餉《あさげ》のしたくに、小芳が席をはずす。ひとりになった麗媛は、ふと懐かしい童歌《わらべうた》を思い出した。

「あの花咲いたら迎えに行くと小さな約束小鳥が歌う」

それは、かつて乳母が教えてくれた歌だった。小薇宮《しょうびぐう》にいたころ、いつもひとりで歌った歌。

紅藍には、紅藍の童歌があるのだろう。今度、小芳に聞いてみようか。目が見えなくとも、歌は聞こえる。歌うこともできる。

「牡丹《ぼたん》紅咲く日に迎えの馬よ婆《ばあ》や泣いても振り返りゃせぬ――」

「麗媛さま、大変です！　麗媛さまっ」

しかし、麗媛が歌い終える前に血相を変えた小芳が戻ってきた。無論、侍女の顔色は見えない。

「どうしたのですか、小芳？」

「ぐ、軍が……城壁の外に、真《じん》国の軍が……！」

ぞくり、と背が粟立《あわだ》った。足元から、冷気が立ち上ってくる気がした。それは、寝台の下に隠したままの塗箱《ぬりばこ》のなかから発している。

「……小芳、ほんとうに？　真国の軍が、ほんとうに来たのですか……？」

手を握られて、それよりもさらに強い力で握り返すと、怯《おび》えた小芳の震えが伝わってきた。

何かの間違いではないことを、侍女の体が訴える。

「は、はい。わたしが案内いたしますので、麗媛さまは安全なところへ……」

——お兄さま、わたしは平穏に暮らしてはいけないのでしょうか？　この国の民は、皆優しいひとたちです。なぜ、他国と戦う必要があるのでしょうか？　これはすべて、わたしのせいなのでしょうか……？

奥歯ががちがちと音を立てる。小芳だけではない。自分も震えているのだと、麗媛は遅れて気がついた。

「安全なところって……？　皆もそこに避難するのですか？」

「いえ、皇族の方のための壕《ごう》があります。そこに行けば、麗媛さまは安全です」

急ぎ、麗媛を立ち上がらせた小芳は、靴の確認をしてから手を引いていこうとする。

「——では、ほかのひとは？　浩然はどうなるのです？」

あの小さな浩然は、戦うこともまだできまい。ならば、連れて逃げれば——そう考えてから、助けたいのは浩然だけではないことに思い至る。

女官長、裁縫を教えた女官たち、厨房《ちゅうぼう》の者も、皆見捨てるわけにはいかない。自分だけ、安全な場所へ避難するなど、麗媛にはできそうになかった。

「浩然は、連れていけません。わたしも、壕の前までご案内するだけです。皇族の方のための……」

「行きません。いいえ、行けません」

きっぱりと言い切った麗媛に、小芳が息を呑む。

「そ、そんなわけにはまいりません！　麗媛さまは、将軍さまの奥さまなのですから」

だが、麗媛の気持ちは変わらない。天暁が戦いを指揮するだろうことがわかっていて、攻めてくる真国の生まれの自分が守られるなど許されることではないのだ。

「どうか、逃げてください。麗媛さまに何かあったら、わたしは将軍さまになんとお詫《わ》びしてよいかわからないのです。ですから、どうか……！」

つないだ手に力を込める。

今、不安なのは皆同じだ。麗媛も小芳も、そして宮廷内にいる戦えない女性たちは、同じように怯えている。

「――わたしは、兄に進言いたします。これでももとは真国の公主です。それに、あなたは信じないでいてくれたようですが、わたしは……呪われた身ですから」

「麗媛さま……」

凶花《きょうか》の呪いを知る真国の兵士たちは、麗媛が直接出向けば殺すまでのことはしないだろう。麗媛を殺すことで、自分に呪いが降りかかることを恐れるはずだ。

「麗媛さまは、呪われてなどいません。いつだって、誰にだってお優しくて、自分を傷つけた者に対して怒ることとさえしなかったではないですか」

泣きそうな声で訴える小芳に、麗媛は首を横に振った。自分が何をしようと、何を思おうと、この身を流れる血に変わりはない。

「ありがとう、小芳。そう思ってくれるひとがいるだけで、わたしは幸せです。でも、わたしに優しくしたひとは不幸になるのです。どうか、あなただけでもお逃げなさい」

「そんなことできません！」

いつも穏やかな侍女が、悲鳴のような声をあげる。そうしているうちに、城内に大砲の音が響いた。

「……いつまでも、こうしていたら危険です。麗媛さま、どうかわたしについてきてください」

「でも……」

「ここにいれば、将軍さまの奥さまだと知られます。そうなったら、捕虜にされることもあるんです！」

ぐいと手を引かれ、これ以上逆らうこともできず、麗媛は歩きだした。

最初こそ強く手を引いていた小芳だったが、夏鵬宮を出ると足取りが重くなる。おそらく、もう城内に敵軍が侵入してきているのだろう。

遠く悲鳴が聞こえるたび、麗媛は足を止めそうになった。

「やはり、わたしだけ逃げることはできません……！」

「いいえ、逃げてください。逃げなくてはいけないんです」

だが、見えないままに歩く麗媛を連れて、小芳では速やかな避難も不可能である。あたりがどんどん騒がしくなり、女官たちの逃げ惑う声が聞こえてくる。

「さあ、こちらに……」

――目は治っていると、医務官は言っていた。だったら、包帯をはずせばいいのはわかっている。そうよ、紅《あか》い瞳《め》を見れば、真国の兵士ならわたしのことがわかる。

劉権《りゅうけん》に直訴してでも、この戦いは終わらせなければいけない。麗媛が包帯をはずす決意をしたとき、小芳がびくっと震えて足を止めた。

「れ、麗媛、さま……」

「小芳？　どうしたの？」

答えは、小芳ではなく別の声で聞こえてくる。

「へっへ、ずいぶん身なりのいい。これはアタリか。おい、そこの女、こっちに来い！」

ばしゃばしゃと水音がして、ここが厨房近くの池のそばなのだと察する。だが、場所を知ったところで逃げられるわけではない。

おそらく、声の主は真国の兵士だろう。麗媛が目に包帯を巻いているせいで、誰かわからずにいるはずだ。

「近寄らないで！　この方は、あなたたちとは無関係です。わ、わたしを代わりに……！」

握っていた手のぬくもりが消える。小芳が、麗媛の前に立ち塞がったのがわかった。

「フン、何をほざいてるんだ。オレが用があるのは、うしろの包帯の女だよ。その女をよこせ」

こんなことならば、着替えてから出てくるべきだった。麗媛の衣裳や装飾品は、女官たちのそれとは見るからに違う。

――いいえ、そうじゃないわ。これでいい。わたしが捕まれば、状況は変わるかもしれない。

「さ、下がりなさい！　近寄らないで！」

「威勢のいいお嬢ちゃんだな。心配しなくたって、おまえもあとからかわいがってやるよ。なに、兵士はオレひとりじゃない。いくらでもいる」

下卑た発言に、麗媛は包帯に手をかけた。大切な侍女を、これ以上侮辱させたままになどしたくなかった。

光が満ちてくる。紅い瞳に、世界が映る。決して美しいばかりではない、悲しみも怒りも存在するその世界。

「きゃあっ……！」

目を開けると、真国の兵が小芳の左手首をひねりあげているのが見えた。

「……わたしの侍女を放しなさい」

麗媛が包帯をはずしたことに今さら気づいたのか、男はこちらを見て「ひっ」と声をあげる。

そう、これが普通の反応だ。麗媛の目を見れば、その身に巣食う呪いを察する。そして、畏《おそ》れおののき、敬遠するのだ。

「あなたは真国の兵ですね。ならばわたしの目の色が何を意味するかわかるでしょう。さあ、その手を放しなさい」

「あ、あんた、まさか……」

小芳をつかんだまま、男がじりっじりっと後ずさる。

「わたしの侍女に乱暴する気なら、わたしはあなたを愛《いと》しく思いましょう。凶花に愛されるということは、あなたの身の破滅です。どんな陰惨な死が待っているか、考える時間が必要ですか？」

言葉は呪《しゅ》となり、呪はその意味を理解する相手にとって効果覿面《てきめん》だった。

「や、やめろ、オレをその目で見るなァっ」

男は小芳を突き飛ばすと、一目散に逃げていく。地面に膝をついた小芳に駆け寄って、麗媛は手を差し伸べた。

「小芳、だいじょうぶですか？　怪我はありませんか？」

「麗媛さま……」

震えているのは、ふたりとも同じ。戦いなど、知らなかった。痛みと苦しみの日々のなかでも、麗媛は真国で守られていたのだと今になって知る。

「……真国の兵士は、わたしの呪いがどれほど恐ろしいものか知っているのです。これで、あなたもわかったでしょう？」

手をとり、小芳を立たせると、麗媛は目を合わせぬよううつむいて小さな声で言った。

――呪いがほんとうだとわかれば、小芳だって離れていく。そうなる前に、わたしから別れを告げたほうがいい。さよならは、きっと悲しいから。

孤独に慣れていたつもりでも、親しくなった相手を失うことには免疫がない。これなら、ずっとひとりでいれば良かったと、今はそんなことも言えない。

――いてくれてありがとう。優しくしてくれてありがとう。いつもいつも、わたしを信じてくれてありがとう、小芳。

手を放すのは、自分でいい。真面目な侍女に、これ以上危険なことはさせられない。

「だから、もうわたしに優しくする必要は――」

「わたしは、麗媛さまの侍女です！」

しかし、放そうとした手を小芳が強く握ってきた。

「麗媛さまは、わたしの弟を助けてくださいました。そして今、わたしのことも助けてくださったのです。それなのに、生涯お仕えすると誓うわたしを、ここで見捨てるのですか？」

「小芳……」

「助けたからには、責任があるのです。懐いた子猫を見捨てるならば、最初から助けてはいけない。わたしの祖母が言っていました」

もう、彼女の手は震えていない。それどころか、浩然と似た面差しの顔には笑みが浮かんでいた。

こんなときに泣きたくなるだなんて、以前は感情を殺していた自分が信じられない。人間は、ほんの小さな喜びに泣き、笑い、生きている。そう、生きているのだ。

「――では、手を貸してください」

麗媛の言葉に、小芳は「はい、もちろんです！」と笑顔で応えた。

朱夏城《しゅかじょう》の敷地は広い。麗媛は、自分の生まれ育った黄龍城《こうりゅうじょう》の広さを正確に知らないため、比較することはできないが、それでも朱夏城が広いことは目に見える。

だが、宮廷で働く者は区画を区切られていることもあり、女官たちがいる場所はある程度決まっている。

麗媛と小芳は、戦えない女性を守ることを第一に考えた。浩然の行方は気になるところだが、彼は朝から城の外へ出ている可能性が高い。

「この宮廷に働くひとは、皆、わたしの家族です。浩然は——浩然はきっと、要領がいいからだいじょうぶです」

涙目ながらも、しっかりした口調で話す小芳を信じて、麗媛は女官たちを一箇所に集める方策を立てた。

天暁に抱かれるまでは、男女の機微も知らなかったけれど、今なら蹂躙《じゅうりん》されることの意味もわかる。あれは、愛するひととでなければできないことだ。

だからこそ、女官たちを守らなければいけない。

「敏敏《びんびん》さん、こちらです！　女官長もいますから、夏鵬宮に隠れてください！」

小芳が女官の名を呼び、手招きする。逃げ惑っていた敏敏は、天の声とばかりに駆けてきた。

「小芳～、わたし、どうしたらいいか……」

いつもは強気な女官も、今ばかりは泣きそうな声。当たり前だ。これは戦争なのだ。力なき女性が、戦いの場で怯《おび》える姿に麗媛は胸を痛めた。

「どうか、夏鵬宮に向かってください。兵が来たら『ここは蓉《よう》麗媛の住まいだ』と言うんです。凶花の呪いを真国の兵なら皆知っていますから」

麗媛がそう言うと、敏敏は少し気まずい様子で目を伏せる。彼女は呪いのことを知る前と後で態度を変えたうちのひとりだった。

「だいじょうぶですよ。わたしの呪いが役に立つなら、活用してください」

「麗媛さま……」

もう、鏡の前での練習はいらない。麗媛はにっこりと敏敏に笑いかけ、頷いて見せる。

「ほかの女官がどちらに行ったか、知っていたら教えてください。みんなを助けたいんです！」

「たしか、エイシャが――」

小芳が場所を確認し、敏敏を見送ってから麗媛とふたりでまた走りだす。裳の裾をつかんだ麗媛は、平時ならあられもない格好だ。

――だいじょうぶ、皆助かるわ。きっと、暁さまも無事でいらっしゃる……！

彼は将軍職にある。間違いなく、この城のどこかで戦っているだろう夫を思い、胸の痛みが増した。

もしも天暁に何かあれば、自分は生きていられない。彼がいなくては、生きている意味などなくなってしまう。

――暁さま、どうかご無事で。そして、またお会いできると信じています。

そのとき、東の句芒門《こうぼうもん》のほうから馬の嘶《いなな》きが聞こえてきた。どこか懐かしい、それでいて恐ろしいその雄叫びは、まだ記憶に残っている。劉権の愛馬だ。

「……っ、小芳、わたしは句芒門へ向かいます。あちらに兄が……劉権太子がいるはずです」

兵のひとりひとりに、呪いを盾として話をするのは限りがある。ならば、劉権を相手どらなければ、道は拓《ひら》けない。

「句芒門でしたら、小径《こみち》を抜けたほうが早く着きます。どうか、最後まで共に行かせてください」

「小芳……」

紅い瞳に涙が滲む。けれど、泣いている暇はない。麗媛は頷いて、小芳の案内で句芒門へ向かった。

句芒門を入って左手に、朱夏城自慢の大庭がある。その中央に立って、天暁は長槍を手に敵陣を睨《にら》みつけた。

すでに、千を超える真国兵が城内に入ってきている。逃げ隠れしていては、紅藍は破滅だ。

――麗媛、どうか無事でいてくれ。

ひとつ息を吐いてから、天暁は声を張り上げる。

「劉権はいずこか！　徐《じょ》天暁はここにいるぞ！」

己が居場所を告げる代わりに、敵将を喚《よ》ぶ。この戦いに幕を下ろすには、劉権を討つほかないことを、天暁は察知していた。

「――ほう、この劉権を名指すとは、徐天暁はずいぶんと自信家のようだな」

名指しされて臆するは、武人の名折れだ。武芸に秀でた劉権は、当然姿を現すと天暁はわかっていたのだ。

ほかの馬より一回り巨躯《きよく》の黒馬に跨った劉権が、ゆらりと剣を引き抜く。

「天暁よ、我が妹の呪いは貴様の国に深く根を下ろしたか？　貴様が愛《め》でた女が、この厄災を連れてきたのだ。どんな気持ちがする？」

刃は陽光を受け、禍々《まがまが》しいほどの光を反射した。しかし、天暁は退《しりぞ》かない。

「呪われた女を妻にした気分はどうだ？　この戦は、貴様が麗媛を娶《めと》ったせいで起こったのだ。

なんとか言ってみよ」

重ねて問うた劉権に、紅藍の兵たちがざわつく。一気呵成《いっきかせい》に叩くより、獅子身中《しししんちゅう》の虫をあぶり出す方策を良しとする、劉権はそういう男だ。

「戯《ざ》れ言《ごと》を言う暇があるようだな。真国の太子は、か弱き少女を凶花という呪縛で監禁し、すべての責を負わせた腑抜けだ。そんな男の言葉など私には届かない！」

大庭の周りに、兵たちがどんどん集まってくる。それを横目に、天暁は槍を劉権めがけて突きだした。だが、馬上の劉権は素速い動きで身を反らし、反対に剣を振り切った。

「くっ……！」

袍の胸先が切り裂かれ、肌に一筋の朱が流れる。見切りが甘かったか。天暁はいったん下がり、体勢を立て直す。

「貴様があれを愛するほどに、紅藍は滅びの道をゆくのだ。愚かな皇子よ」

「ハ！　太子ともあろう男が、ずいぶんな言い草だな。それほどまでに、かつての想い人への未練は強いか！」

その言葉に、劉権の顔色が変わった。

眉間のしわが深まり、今にも歯ぎしりしそうな形相で天暁を睨《ね》めつけてくる。

「貴様……、飄逸《ひょういつ》は仮面か。我が過去まで調べるとは、よほど凶花に魅入られたものよ！」

馬の腹を蹴ると、劉権はそれまでとは比べ物にならない勢いで連続して剣を振るう。しかし、天暁はそれを見越していたのか、剣戟《けんげき》の合間を縫って黒馬の足を狙う。

「ちょこまかと小賢しいッ！」

劉権が苛立ちまぎれに大振りしたのを、当然天暁は見逃さない。長槍を左手一本に持ち替え、右手で腰の剣を抜く。そして、槍と剣を同時に馬と馬上の太子に向けて突いた。

「ぐっ……！」

劉権はそれを間一髪で避けたが、馬のほうはそうはいかなかった。甲高い悲鳴をあげ、主《あるじ》を乗せていることも忘れて後ろ足を蹴り上げる。

「――貴様ァッ！」

「戦いは声の大きさで決まるものではないぞ、劉権！」

地に足をついた劉権が怒声をあげるのに対し、天暁は不敵に笑った。

――負けはしない。私は、この男を許すわけにはいかないのだから。

天暁の脳裏に、紅い瞳の女が微笑む。それは、愛しい妻であり、同時に妻の母親だった女の面影とも重なっていた。

長槍は捨てる。互いに剣のみで、始末をつけるつもりだった。互角の斬り合いは、寒空に刃と刃のぶつかりあう音を響かせる。

「劉権よ！　妹を打ち据えるのと同じようにはいかぬか！」

「ほざけ！　貴様に何がわかるッ！」

「わかるさ。私は鈴媛《りんえん》を知る者だからな！」

鈴媛の名が天暁の口から出た瞬間、劉権がわずかに目を瞠《みは》った。それは、麗媛の母親の名だ。凶花の娘として真国にとらえられ、皇帝の嬲《なぶ》りものにされた挙げ句、たったひとりの娘を残してこの世を去った、紅い瞳の女。

「なにゆえ貴様ごときが鈴媛を知るか！」

力のこもったひと太刀に、天暁は両手が痺《しび》れるのを覚えた。

「なにゆえ……？　それは、こちらが聞きたいものだ！　なにゆえあのひとを守らなかった！　愛した女をなぜ捨てた‼」

「愛だと⁉　ぬかせ、愚鈍な皇子よ。あれは呪われた女、その出自を語らず、この俺を騙《だま》そうとしたのだ！」

「それこそ戯《ざ》れ言《ごと》！　あのひとが呪われてなどいなかったことを、知っていただろう？　呪いなど存在しないことを知りながら、己《おの》が傲《おご》りを隠すため、周囲の誤解をいいことに凶花という伝説を利用したにすぎぬのだろうが！」

ふたりの男の目と目に、そして剣と剣に、紅い瞳の女がよぎる。それは母か、娘か。あるいはどちらでもあったのかもしれない。

——何？　どういうことなの……？

駆けつけた先、兄と夫が剣を交えているだけでも信じたくない光景だというのに、彼らは麗媛の知らない母の話をしている。

「……麗媛さま、あの……？」

「ひとまず、隠れます」

木の陰に身を隠し、麗媛は耳を澄ませた。

なぜ、天暁が母の名を知っているのか。なぜ、兄が母を愛したと言われるのか。誰も語らなかった過去が、そこにある。

「勝手なことを……！　あの女は、何も言わなかったはずだ！」

「そう、鈴媛は何も語らなかった。彼女はあなたを愛していたからこそ、言えなかったのだとは思わなかったのか？」

キン、と高い音が鼓膜を震わせた。それに続いて、幾度も刃を交える音が響く。男たちは剣戟の合間に過去を語る。

「鈴媛は、呪いが存在しないことを知っていた。だが、真国では未《いま》だ古い伝承が残っていたから、身を引いたんだ。あなたを――愛していたから逃げた！」

「黙れ！　黙れ、黙れ黙れ!!」

「耳が痛いか、劉権太子よ！　彼女は優しかっただろう。彼女の娘も、同じように慈愛に満ちていただろう？　かつての恋人が、父親に犯されるのを黙認したあなたにさえ、彼女は許しを与えたのだろうッ」

――お兄さまが、お母さまの……かつての恋人……？

劉権と麗媛は十八歳離れている。年齢的に考えて、母と兄が恋仲だったとしてもおかしくはない。だが、それはあくまで年齢の問題だ。

「あの女は俺を騙《だま》したのだッ！　貴様に何がわかる!!」

「わかりたくもない！　愛した女が嬲られるのを放っておく男の気持ちなど、私にわかるはずがないだろうが！」

「黙れぇエェッ!!」

ひときわ高い音がしたかと思うと、次の瞬間、天暁が「ぐッ……」と苦しげな声を漏らした。

「暁……さま……？」

視線の先、左肩に剣を受けた天暁が、地に膝をつく。

「いけません、麗媛さま……っ。堪えてください。今、あの場に行けば……」

実の妹さえ斬り殺す。劉権の眼差《まなざ》しは狂気に満ちていた。それは、戦いを知らない小芳にもわかるほどの狂おしい怒りだった。

「将軍さまは負けません……！　絶対に、絶対に負けたりしません……！」

震える小芳が、麗媛の体にしがみつく。信じているというよりも、彼女の言葉は祈りに似ている。

「……そうですよね。暁さまが負けたりするはずは……」

息が苦しい。もしも彼が負ければ、自分も生きてはいまい。

――勝ってください。そして、またわたしに笑いかけてください。わたしの愛するひと……

「鈴媛さまは、美しいひとだった。顔形だけではなく、心の清らかなひとだった。それなのに――なぜ、信じなかった！」

斬られてなお、天暁は剣を振り上げる。戦いはまだ終わってはいない。

須臾《しゅゆ》として、何かが視界を横切る。麗媛は目を凝らしたが、長らく視界を遮っていたせいか、かすかに目がぼやける。

――今のは……

だが、明らかな違和感があった。

もう一度、目を凝らす。そして、叢《くさむら》に隠れて弓を引く真国の兵士を見つけた。

考える時間はない。真国の兵は、天暁を狙っている。一騎打ちに水ならぬ矢を刺すつもりに違いなかった。

「天暁さま！　危ない、弓兵が……！」

絹を切り裂く悲鳴にも似た声に、一瞬、天暁がこちらに視線を向ける。

「勝機！　貴様はこの俺が刻む‼」

あっと思ったときには、劉権が剣を振り上げている。これは罠だったのか。それとも――

「いやあぁぁあぁッ……‼」

目を閉じることもできなかった。

愛しいひとの胸先に、実の兄が斬りつける、その瞬間。

けれど、天暁はたしかに笑った。麗媛を見つけた彼は、常と変わらぬ笑みを浮かべていた。

――お願い、助けて。あのひとを殺さないで！

祈りはいつだって虚しかった。祈ったぶんだけ、絶望して生きてきた。麗媛の祈りがかなったことは、今までただの一度としてなかったのだ。

天暁は、剣を握る右手を高く揚げた。それが、合図。

「ぐフッ……、ぐ、が、ぁ、あ……」

「あ……、あ、ああ、天暁、さま……？」

幾千の矢が、一斉に降り注ぐ。その瞬間、天暁は地に伏し、劉権のみが大庭の中央に立っている。

屈強な体に、突き立つ矢、矢、矢の雨。仁王立ちしたまま、劉権が血に染まっていくのを、麗媛はしかとその目で見ていた。

「——一騎打ちに加勢は不要だなんて、私は一度も言っていない。勝つためなら、なんだってやろう。劉権太子、あなたの妹と生きる未来のためならば、私は卑怯と誹《そし》られることさえ畏《おそ》れぬ」

無論、矢の雨が降るなか、天暁とて無事ではなかった。だが、その傷は劉権とくらべてあまりに浅い。全身を矢に射貫かれた真国の太子は、今や全身を赤く染めている。

「馬鹿な……こんな、ことが……」

「戦況を見誤ったな、劉権。我が妻の強さを知らず、虐《しいた》げることで彼女を損ないつづけ、紅藍の地を血で汚したその罪、命をもって償ってもらおう」

剣を構えた天暁の視線の先で、劉権が地に膝をついた。

「貴様ごときに、我が命をくれてなぞやるものか……！」

逆手に剣を握った劉権は、そのとき間違いなく「鈴媛」とつぶやいた。否、後にして思えば、それは麗媛の願望だったのかもしれない。だが、その瞬間にはたしかにそう言ったように聞こえた。

「……お兄、さま……」

劉権の剣は、その主《あるじ》の胸に突き刺さる。

この争いの終わりが、真国の太子の自刃だとは、誰も思いもしなかった。

◇◇◇

それは、まだ彼が十歳のときの話だ。

天暁は、孤児だった。赤毛を忌む者たちからは嫌われ、実の母の顔も知らず、彼は真国の商店街で盗みをはたらいて生きていた。

盗むことが悪いことだと言われても、そうしなければ生きていけない者にとって、説教などなんの意味も為さない。天暁とて、父と母がいれば、こんな生活をしていなかっただろう。

ときに商人から棒で打《ぶ》たれ、兵に縄をかけられ、それでも天暁は生きていた。彼は幼かったが、必要以上の盗みをしようとせず、生きていくためだけの食料を狙った。欲をかいたほかの孤児が失敗する姿を幾度となく見て、学んだことだった。

「やーい、赤毛の暁、おまえは鬼の子だから捨てられたんだー」

孤児同士だからといって、仲間だとは限らない。天暁は、ひとと違う容姿のせいでいじめられることも多かった。

赤い髪は、異端の証《あかし》。赤い髪は、無駄に目立つ。赤い髪は、彼にとって何ひとつ良いことにつながらない、忌まわしいものでしかなかった。

そんなある日、天暁少年は赤子を抱いたひとりの女性と知り合う。

彼女は手足に縛られた痕があり、ぼろぼろの衣《ころも》を纏《まと》っていた。細い腕に抱いた赤子は、母親と対象的にふっくらとしているのに。

盗みに失敗して、路地裏でしゃがみこんでいた天暁に、女が声をかけてきた。

「あの……少しの間でいいの。この子を預かっていてもらえませんか……？」

女といっても、相手はまだ二十歳にもならない、へたをすれば十五、六歳に見える。

「――アンタの赤ちゃん？」

それとも、どこかから誘拐してきた子ではないのかと、天暁は女と赤子を交互に見据《す》える。

無理からぬことだ。やせ細った女と、ふくよかな子どもでは、虐げられた奴隷が金持ちの子どもを連れて逃げていると思われてもおかしくない。

「そう、わたしの子です。名は麗媛……」

そう言った女は、見たことのない紅色の瞳をしていた。

「信じられないよ。だって、アンタは大人に見えない。それに、この子がアンタの子どもだって証拠もない」

こまっしゃくれた子どもだった天暁は、細腕に抱かれた赤子を見てからプイと顔をそむける。もし、誘拐の片棒を担がされたら大変だ。ケチな盗みと違い、役人の子を誘拐したら極刑の可能性もある。

それに、そうでなかった場合はますます恐ろしい。ほんとうにこの紅い瞳の女が母親だとしたら、天暁に子を預けて姿をくらますかもしれない。

孤児の天暁にとっては、母親が子どもを捨てていくことが珍しくないし、自分と同じような境遇の赤子などかかわりたくもなかった。

「嘘《うそ》じゃないの。この子はわたしの子。だけど、追われているから……。ね、少しでいいの。お願い、助けて」

すがる眼差しを無視することもできず、天暁はもう一度、赤子の顔を覗《のぞ》き込《こ》んだ。すると、先ほどまで眠っていた赤子は「だあ」と小さな声をあげる。

「……同じだ」

「え?」

「アンタと同じ、紅い瞳……」

特徴的な瞳の色は、偶然一致したとは考えにくい。つまり、この女はほんとうに赤子の母なのだろう。

「わかった。だけど少しの間だけだぞ。絶対迎えに来てよ」

「もちろん。麗媛はわたしのかわいい娘だから、必ず迎えにきます」

女は、鈴媛と名乗った。表通りへ駆けていく後ろ姿を見送って、腕に抱いた赤子に声をかける。

「麗媛、おまえのお母さん、ちゃんと帰ってくるかなあ……」

何も知らぬ赤子は、話しかけられたのが楽しかったのか、きゃっきゃと小さな声をあげていた。無邪気なものだ。

それからきっちり半刻、鈴媛は大きな荷物を背負って戻ってきた。まるで、今から夜逃げするひとのようだと思ったが、あながち間違いではないのだろう。鈴媛は追われていると言った。もしかしたら、見た目に反して金持ちの妾《めかけ》か何かなのかもしれない。

「ありがとう、キミ……。えっと、名前をまだ聞いていませんでしたね。よければ教えてくれますか？」

「……天暁、徐天暁」

「天暁……、キミに似合いの名前ですね」

暗い路地裏で寝起きする自分に、どんな天が、どんな暁《あかつき》が似合いだというのか。不快に感じて、天暁は鈴媛を睨《ね》めつける。

「あたたかい色の髪、とてもきれいです。太陽みたいだから」

鈴媛は娘を受け取ると、優しい声で歌いはじめる。それは、天暁が聞いたことのあるどの童歌とも違っていた。曲も、歌詞も、初めて耳にする。

「ねえ、その歌、へんな歌だね。アンタが作ったの？」

「いいえ、わたしの生まれた村の、おばあちゃんが教えてくれたものです」

信じられないかもしれないけど――と前置きして、鈴媛は生まれ育った村のことを語りだした。

「わたしの村では、紅い瞳は珍しくない。年々減ってきているけれど、生まれてくる子の半分は紅い瞳をしているんです。これは、神さまがくれた祝福の証。そう言われて育ちました」

「へえ？　そんな村、聞いたことないけど」

話半分で聞いていた天暁に、鈴媛はにっこり笑いかける。

「そう、あまり知られていないんです。だって、昔はそのせいで迫害されたこともあったみたいだから、紅い瞳の女たちはひっそり暮らしているんです」

おかしな女だった。天暁よりも年上のくせに、言葉はたどたどしく、子どものように無邪気に笑う。手足の傷が、いっそう痛々しく見えたのは、彼女の笑顔が明るかったせいかもしれない。

「でもね、この国では違う。紅色の瞳は、呪いだと言われます。だから、わたし、逃げてきた」

「……呪い？　アンタ、呪術師？」

「違いますよ。凶花の呪いといって、紅い瞳の女に優しくすると、邪神の災《わざわ》いが降りかかるというんです」

くだらない話だと思った。この世に呪いなんて存在しない。少なくとも天暁は信じていない。

「あっ、信じてない顔ですね？　でも、本気で信じているひとも、けっこういるんですよ」

「アンタ、馬鹿だろ」

「あまり学はないですね。なにせ、十五歳で村を出てきてしまったので……」

しゅんと肩を落とした鈴媛は、小さな声で「帰りたい」と言った。

帰る場所があるなら、帰ればいい。天暁は帰る家を持たない身だ。

黙っていると、鈴媛はぱっと顔を上げた。その瞬間、彼女の腕のなかの赤子は、火がついたように泣き出す。

「はいはい、今、おっぱいあげますからね～」

「……おい」

「麗媛、麗媛、かわいい麗媛～」

「おい！　こんなところで……ああっ、馬鹿か！」

路地裏といえど、屋外だ。若い母親が乳房をあらわにして授乳する姿に、天暁は真っ赤な顔で背を向ける。

「あははっ、天暁、純情なんだね」

「……アンタが常識はずれなんだよ」

「うん、わたし、常識の通じない世界に閉じ込められていたから」

赤子はおとなしく乳を飲み、鈴媛はほんの少し鼻をすする。そして天暁は、こっそりと母子を覗き見た。

腕のなかの娘を慈しむ鈴媛は、母親の顔をしている。天暁の知らない、母。そのひとも、自分が生まれたときにはこうして抱いてくれたのだろうか。そうであってほしい。何かの理由があって息子を手放したのだとしても、生まれたばかりの天暁を歓迎してくれていたと思いたかった。

「ねえ、天暁」

「アン？」

覗き見ていたことがバレたのかと、慌てて目をそらす。我関せずを装って、すげない返事をした彼の耳に、信じられない言葉が聞こえてきた。

「もし、わたしが死んだら、きっと麗媛は黄龍城に連れ戻されちゃうだろうから、そのときにはこの子を助けてくれる？」

どこから指摘すればいいのかわからないほど、問題だらけの発言だ。

まず、黄龍城に連れ戻されるということは、麗媛の父親は皇族の誰かなのか。そして、鈴媛は死が近い状況にいるというのか。さらには、まだ生まれて間もない麗媛の未来を、何も持たない孤児に託していいのか。

——ま、最後のは冗談だろうな。いや、黄龍城ってところから虚言の可能性も……

返事をできずにいると、表通りがにわかに騒がしくなった。

「いたか⁉」

「あっちだ！」

「虱潰《しらみつぶ》しに捜せ！　凶花を逃したとなれば、百叩きでは済まんぞ‼」

凶花の呪い——それは、つい先ほど聞いたばかりの話だ。

「ああ、追っ手が来てしまいました。麗媛、そろそろ飲み終わってくれないと、連れ戻されちゃうよ」

どこかのんきに、どこか諦めの顔で、彼女は愛し子に話しかける。

「おい、アンタ、ほんとうに……」

「いたぞ！　路地裏だ！」

ほんとうに、黄龍城から逃げてきたのか？　その質問は、口にする前に行き場を失った。城の兵士が母子を連行していき、残された天暁は無関係だというのに数発殴られただけだった。

何も残らない、ただそれだけの――


「私があなたの母君に会ったのは、後にも先にもそのときだけだった。その後、こっそりと黄龍城に忍び込んだときには、もう鈴媛さまは亡くなっていたのだよ」

寝台に横たわって、二十六歳の天暁がそう言う。

長くて短い、夢のような過去の話が終わった。麗媛は、寝台の脇に置いた椅子に腰を下ろしたまま、唇をきつく引き結ぶ。

劉権の死によって、真国との戦いは終わりを迎えた。宮廷の女たちは、麗媛と小芳の手引のおかげか、ひとりも命を落とさずに済んだ。

兵士はそうはいかない。

城を、国を、皇族を守り、何十という兵士が命を落とし、怪我を負ったと聞く。

「麗媛、泣かないで。あなたを泣かせたくて話したわけじゃない」

左肩の傷は命にかかわるものではなかったが、安静にしていなければいけない天暁が、そっと右手を伸ばしてくる。その手が麗媛の頬に触れ、優しく撫《な》でてきた。

こんなときでも、彼は麗媛を気遣ってくれる。

「……泣いていません。わたしは、母に愛されていたことを知って、嬉《うれ》しいのです」

誰からも聞いたことのなかった、遠い昔の話。それが、天暁の口から語られた。

「そうだね。あなたは愛されていたよ。鈴媛さまは、それは優しい目であなたを見つめていた。うらやましくなるほどにね」

呪いにまつわる件も、母の語ったことを信じれば、ただの伝承にすぎない。彼はそれを知っていたからこそ、麗媛に「呪いは解ける」「呪いなんて存在しない」と言っていたのだろう。

――けれど、今の話で腑《ふ》に落ちないことはほかにもあるわ。だって、暁さまは紅藍の皇子のはずなのに、なぜ真国にいたの？　それに、ご両親は……

皇帝も皇妃も、黒い髪をしていた。あのとき、皇妃が天暁の産みの母ではないと聞いていたが、皇帝が実の父でないとは言われなかったはずだ。

「ですが、その話を聞くかぎり、暁さまは孤児……だったのですか？」

「ああ、そうだよ。言っていなかったかな」

なんでもないことのように笑って、天暁が頷く。

「私は、外《と》つ国《くに》の血が混ざっているらしくてね。そのせいで、捨てられたのかもしれないし、両親が今どこでどうしているのかもわからない。けれど、十二のときに今の父が養子に迎えてくれた」

聞けば、紅藍皇帝は子に恵まれなかったのだそうだ。後宮を好まない皇帝は、子を産ませるためだけに女性に手をつけることを厭《いと》い、愛する皇妃と話し合った末に、養子を迎えた。大陸全土から集めた孤児のうち、国を導く才気にあふれた少年数名を皇子として城に入れたというから驚きである。

「そのおかげで、私はあなたと結婚することができた。もし、今も浮浪者だったら、真国の公《こう》主《しゅ》と結婚するのは難しかっただろうね」

そして、もうひとつ、麗媛の胸には大きな不安が残された。

「あの……」

「うん？　聞きたいことがあるなら、遠慮しないでお聞き。私は、あなたに真実を語る。ごまかしも嘘もない。ただひとつの真実を」

息を吸って吐いて、気を落ち着けようと、また吸って、また吐いて。

麗媛は、小さく咳払いしてから口を開いた。

「わ……わたしと結婚してくださったのは、母がそう言ったから……なのでしょうか……」

意を決して尋ねたつもりだったが、語尾に近づくほど声は小さくなり、最後は吐息とも間違えそうなほどだった。

――わたしを知っていた理由はわかったけれど、たった一度偶然出会った母の頼みで、結婚までするなんてどうかしているわ。まして、そのころには暁さまはこの国の皇子になっていたんですもの。

厄介な呪いの烙印を捺《お》された麗媛と結婚するより、もっとほかに国のためになる縁談があってもおかしくない。

「ああ、そのことを気にしていたのかい？」

「…………はい」

「教えてほしかったら、接吻《せっぷん》をしておくれ、かわいい麗媛」

真実を語ると言った舌の根も乾かぬうちに、彼はいたずらな笑みを見せる。

「いえ、あの、いいのです。言いにくいことであれば……」

「そうじゃないよ。きっと、言葉よりもあなたに信じてもらえる答えがあるから、唇を重ねたいんだ」

果たしてそうなのだろうか。いつだって、天暁の唇は麗媛を甘く蕩《とろ》かしてしまう。それが

『答え』だとは到底思えない。

「……では、少しだけ失礼いたします」

それでも答えがほしいと願うのは、麗媛が天暁を愛しているからだ。母に頼まれたから結婚したというだけでは足りない。愛されていたい。

——そんなふうに思うのは、わたしが欲張りなのかもしれないけれど。

傷にひびかぬよう、そっと重ねた唇は、触れてすぐに離すつもりだった。しかし、麗媛の配慮は、彼の右腕に阻止される。

「んっ……、ん、んん！」

抗議の声も呑み込んで、奔放な舌が唇の間を突き進んできた。逃げようにも、右腕で抱きしめられた体は、起こすことさえできない。

——こんな……力を入れたら、傷が……！

ぷはっと顔を上げて、自分を見上げるいたずらな視線に気づいた。

「我が唇は、なんと答えたかな」

「……わ、わかりません」

接吻だけで理解しろとは、そもそもが無理難題の類である。それに引っかかった自分が悪いのか、それとも天暁は本気で接吻すればわかると——

「私は、麗媛を愛しているよ。もうずっとずっと長い間、あなたがまだ乳母に笑いかけていたころから」

「え……？」

それからゆっくりと、天暁が話しはじめた。

「鈴媛さまからあなたを助けてくれと言われたからといって、孤児にできることなどたいしてありはしない。だから、私はときどきあなたの様子を見にいくだけに留《とど》めておいた。しかし、それもほんのしばらくのことでね。小さなあなたは、いつも寂しそうだった。乳母のほかに話す相手もいない。それは――私と少しだけ似た境遇だったんだ」

彼にとっては、麗媛こそが唯一の光だったと天暁は言う。

何も持たない孤児の天暁少年は、麗媛の成長を見守ることだけが楽しみになった。そして、麗媛をいつか助けるためにも、自分はいつまでも孤児でいてはいけないと、下働きをして少しずつ独学で文字を覚えた。

十二歳で紅藍皇帝の養子になったのも、彼の努力の甲斐あってのことだったのだ。

「あなたを知って、私の世界が変わった。あなたがいてくれたから、今の私がある。鈴媛さまとの出会いがきっかけではあったけれど、あなたを愛したことに母上は関係ないんだ。次第に笑顔を失くしていくあなたを見ていて、いつかこの手で笑わせてあげたいと思った。だから、麗媛、あなたが笑いかけてくれるだけで、私はいつだって幸せになれるんだよ」

――ほんとうに？　ほんとうにわたしでいいの……？

「だから、あなたが私を捨ててどこかへ行くというのなら、私もそのあとを追う。どこまでだって追いかけて、あなたを抱きしめる。そういう生き方しか知らない、私は不器用な男なんだよ」

「暁さまは、ずるいです。そんなふうに言われたら、わたし……」

「うん？」

好きになったのは、少なくとも自分のほうが先だと思っていた。

彼に救われ、平穏を与えられ、その両腕に守られていただけの自分が恥ずかしい。

――わたしは、暁さまのために何ができるの……？

天暁の言葉を思い返し、麗媛は顔を上げる。

「わたし、幸せすぎて困ります」

困ると言っておきながら微笑む麗媛に、天暁のほうがよほど蕩けそうな笑みを見せた。

「だったら、その幸せを分けておくれ、かわいい麗媛。あなたの笑顔を、いつもそばで見られるように……」

「え……？　あっ、暁さま……っ」

怪我をしているというのに、天暁は両腕で麗媛を抱き寄せる。

上半身を寝台の上に引き寄せられて、思わず腰が浮いた。すると、それを狙っていたかのように、彼はぐいと麗媛を寝台へ引きずり込む。

「……あの、暁さま、これは……」

「わからないのかな。私は、あなたとの愛を確かめたいんだよ？」

なぜだろう。口調も声もいつもと変わらないというのに、彼が少しだけ意地悪に感じる。あるいは、いつだってそうだったのかもしれない。麗媛が気づかなかったのかもしれない。

「わたしは、暁さまがいるから生きていられるんです。ずっと、見守っていてくださってありがとうございます。あなたのことを心からお慕いしています……」

紅い瞳に愛を滲ませて、小さな声で告げる。麗媛の精一杯の告白。

「そんなことを言って、私を押し留めようとしているのなら、それは効果がないな。ますます、あなたを抱きたくなる」

赤銅色の髪がふわりと揺らぎ、天暁が体を起こす。そして、彼は麗媛の胸元に顔を埋めた。

「……あなたが生きている。そして、私を愛してくれる。これほど幸せなことは、この世にほかにない」

「暁さま、あ、あの……」

「それ、やめようか」

衣を脱がせ、天暁が自分の言葉に頷く。

「そろそろ、暁と呼んでくれてもいいと思うんだ。私たちは夫婦なのだからね」

「ですが……あっ」

胸があらわになり、麗媛は両手で肌を隠した。

「呼んでくれないなら、今夜もあなたを焦らすことになりそうだよ」

それは、麗媛にとってもせつない思い出である。彼を欲し、みだらな蜜を滴らせる体を、幾度も幾度も高み近くまで押し上げられ、そのくせ達することを禁じられた、あの行為。

「そんな……こ、困ります……！」

「ふふっ、あなたはほんとうに素直で愛らしい。なら、わかるね？　どうすればいいか……」

胸を隠す手の甲に唇を押し当て、天暁が軽く歯を立てた。ただそれだけで、麗媛の心臓は鼓動が速くなる。愛されることを覚えた体が、彼の怪我を知っていても求めるのを止められない。

「……ぎょ、暁……」

「もう一度」

「暁……、暁、好きです……」

「ああ、たまらないな。あなたの声、あなたのぬくもり、私は妻に何度も恋をするようにできているらしい」

だから、その手をどけておくれ――

甘い声で懇願されて、頬を赤く染めながら、麗媛はおずおずと手をずらす。双丘の頂《いただき》は、それぞれがすでにつんと硬くなっていて、彼に愛されることを期待していた。

「いい子だね。私はあなたの体に触れていると、自分が男だということを強く感じるんだ。この瞳が、この体が、私を誘う」

右手で麗媛の髪を撫で、天暁が左胸の頂点を口に含む。あたたかくて柔らかな口腔《こうこう》に包まれると、充溢《じゅういつ》した何かが一点に集まるのを感じた。

「んっ……、あ、ぅ……っ」

吸われるほどに、心が引き絞られる。愛慾に体が疼《うず》き、彼をもっと感じたいと思う自分が恥ずかしい。

――暁……、わたしは、あなたのそばにいていいのですか……？

そんな胸のうちの不安を払拭するように、彼が早くも麗媛の脚の間に手を忍ばせる。

「すまない、ほんとうはもっとゆっくりあなたを味わいたいのだけど、どうにも堪えられないよ。まだ、おさまらないんだ。二度とあなたに会えないかもしれないと思ったせいかな」

「イヤ……、会えないなんて言わないでください。わたし、わたしは……」

ふふっと笑った天暁は、愛《いと》しくてたまらないとばかりに麗媛の頬に唇をつけた。

「もう、今は思っていないよ。だけど、あなたの兄上は強かったからね。正直、間一髪だった。

――命のやりとりをしたせいで、きっとこんなになってしまったんだ」

見れば、腹部に先端がつきそうなほどに漲《みなぎ》った陽物が、とろりと透明な雫を浮かべている。

「あ……、す、すごい……です……」

思わず手を伸ばした麗媛に、彼が「こら、ダメだよ」と笑いかけた。

「今、あなたに触れられるのは困る。私は、麗媛のなかに注ぎたい。――意味はわかるね？」

改めて問いかけられ、羞恥心に首まで赤くなる。何度抱かれても、何度注がれても、恥じらいは消えない。

「ねえ、言ってくれる？　あなたは私を欲しいと思っているのかな」

「もちろんです。わたし、暁さまが……」

「ん？」

唇を指が軽く弾《はじ》く。過《あやま》ちを指摘されて、麗媛は長い睫毛をかすかに伏せた。

「暁……が、好きです。あなたのすべてが欲しいんです……」

「――私の妻は、いつまで経っても初々しい。そんなあなたも愛しているよ」

単衣《ひとえ》をはだけた天暁が、包帯を巻いた肩を気にしながら、麗媛の蜜口に切っ先を押し当てる。

しとどに濡れた隘路が、愛する男を受け入れようとせつなく蠢《うごめ》いた。

「ああ、暁……、ください、あなたを全部……」

「いくよ、麗媛……、んっ……く……」

寝台にはりつけられた蝶《ちょう》のように、麗媛は楔《くさび》を穿《うが》たれる。血管の浮いたそれは、ずぶずぶと奥深くまでひと息に突き進んだ。

「あっ……、あ、ああ、待っ……ん、んん……！」

最奥に到達したその瞬間、麗媛の体がひどく痙攣する。淫路は狭まり、足の爪が敷布を引っかく。

「まさかとは思うけど――挿《い》れただけで、達したのかい？」

「や……、そ、そんな、こと……」

上気した頬も、まだ収斂《しゅうれん》する蜜口も、すべてが麗媛の天頂を物語っていた。隠しようのない悦楽を感受し、彼女は子どものように純粋な瞳で夫を見上げる。

「かわいい顔をして、あなたはほんとうにいやらしい。だけど、そんなところもたまらないよ」

唇が重なった直後、天暁が抽挿を始めた。

――ああ、ダメ……！　達したばかりだというのに、激しくされたら、わたし、また……！

けれど、接吻で言葉を封じられた麗媛は、突き上げられるばかりで抗《あらが》うこともできない。否、唇を塞がれていなくとも、きっと抵抗などできなかっただろう。

このうえない快楽は、愛情の下《もと》に。

そして、愛するひとのすべてを欲するのは、注がれることに慣れた淫らな躰《からだ》。

「ああ、麗媛、麗媛……。あなたが私を締めつけているんだよ。わかるかい……？」

「……っ、ん、あぁ……っ」

体の内側を伝って、蜜音が響く。ひどく濡れた狭隘な粘膜が、天暁にすがりついているのが自分でもわかった。

こすれあう心と心。貪《むさぼ》りあう快楽は甘く、永遠に彼とつながっていたいと思うほどだ。

「ダメ……、そんなに激しくしたら……っ」

弱々しい声に、天暁が目を細める。

皇子は、愛しの妻を貫きながら、幸福を抱いていた。

「激しくしたら、達してしまうから？」

「違……っ、あ、暁の体が、心配なんです……っ」

「それなら、もっと感じてごらん。私が早くあなたのなかに注ぐよう、ほら、自分から腰を振っておくれ」

彼が望むなら、どれほど淫らな要求でも麗媛は受け入れる。恥ずかしくても、それこそが愛だと信じられる。

すべてを与えてくれたひと。

麗媛の世界に、ただひとつの灯《あか》りをともしてくれた、徐天暁。

「愛してるよ、麗媛」

「わたしも愛しています……あなた……」

ふたりの悦《よろこ》びの声が重なり、弾《はじ》け、たったひとつの歌になる。真実の愛を知った今、それは未来を描く、筆になる。

なんにだってなれる。そして、なんだって生み出せる。人間はそうやって生きてきたのだと、麗媛は白濁を受け止めながら知った。


それが夢だと、麗媛は気づいていた。夢のなかで、夢を見ているような不思議な感覚。

——お兄さま……？

自刃したはずの劉権が、じっとこちらを見つめている。生前には見たこともない、静かな瞳で。

「すまなかったな、麗媛」

――いいえ、お兄さま。わたしは恨んではいないのです。

「だが、苦しかっただろう」

いつも麗媛をひどく扱った手が、信じられないほど優しく髪に触れる。父のぬくもりを知らない麗媛は、なぜだか兄の手に父親の姿を感じた。

「その苦しみを忘れてくれとは言わん。俺のしたことだ。俺の罪も、愛も、夢も、後悔も、すべては俺だけが背負っていく」

――お兄さま、あなたはわたしの……

「問うでない。これはただの夢だ。答えなど得ようとするな」

劉権が背を向ける。その背中は、無数の傷を負っていた。最期の矢傷ではない。もっと以前から、彼は彼で、麗媛に見えない傷を受けて生きていたのだ。

――お兄さま、待ってください。あなたはわたしの……なのですか?

夢のなかでさえ、その単語を口にすることはできなかった。

皇帝である父親に、愛した女を陵辱された劉権は、何も答えずに歩いて行く。背負った罪の重さを、彼は知っていたのだろう。知っていたからこそ、麗媛に冷たくあたるしかできなかった。不器用なひとだったのかもしれない。

「さようなら、お兄さま」

声に出した瞬間、目が覚めた。やはりあれは、夢でしかなかったのだ。

けれど、麗媛は異母兄を思ってただ一度だけ涙をこぼした。

許せることかどうかなど、自分にはわからない。ただ、誰の人生にも痛みがあり、喜びがあり、幸福も不幸もあった。それだけのことだった。

「麗媛……？　目が覚めてしまったのかい？」

寝ぼけ声で呼びかけてくる夫に、麗媛はそっと身を寄せる。

「はい、悲しい夢を見ました」

「だいじょうぶ、あなたのことは私が守るよ。だから、夢のなかでも離れないように……こうして抱きしめていよう……」

熱い涙が紅い瞳を濡らす。

麗媛は、夢のなかで見た兄の背中をきっと生涯忘れないだろうと思った。ただの妄想でもかまわない。誰かを恨んで生きるほど、自分は強くない。それだけのことだ。

明日になったら、小芳と浩然と一緒にお菓子を食べよう。女官たちに、呪いは存在しなかったときちんと説明しよう。

黙ってうつむいてばかりいるのではなく、自分から踏み出すのだ。

――お母さま、見守っていてください。麗媛は、必ず幸せになります……

夜はまだ明けない。麗媛は、あたたかな夫の腕に抱かれて目を閉じた。

◇　◇　◇

——牡丹《ぼたん》紅咲く日に迎えの馬よ
——婆《ばあ》や泣いても振り返りゃせぬ
——婆や泣いても引き返しゃせぬ……

その童歌を、自分以外の人間が歌うのを聞いたのは、どれくらいぶりだろうか。

扶清《ふせい》大陸の西にある雪紅村《せつぐむら》を訪れた天暁と麗媛は、村に伝わる童歌を聞いていた。歌うのは、紅い瞳の老婆。彼女は、麗媛の母の幼いころを知っているという。

「鈴媛は、とてもいい娘だったよ。純粋で、前をまっすぐに見つめる性質《ところ》があってね」

雪紅村は、かつて大蛇を祀《まつ》っていた。おそらく、それこそが紅い瞳の女にまつわる呪いの伝承なのだろう。

しかし、麗媛が言い聞かされて育った伝承と異なり、この村に伝わるのは愛の物語だった。

その昔、人の世に災いをもたらす大蛇の邪神がいた。

しかしあるとき、小さな村の、貧しい少女に眷属《けんぞく》である蛇を助けられた邪神は、彼女に恋をする。

神とひとは結ばれてはいけないと知りながら、邪神は少年の姿で彼女と知り合い、次第に愛しあうようになった。

成長した彼女と家庭を持った邪神は、この世に無数に存在する小さくあたたかな幸せを知り、そのころには悪さをすることもなくなっていた。ふたりの間には娘が生まれ、家族三人仲良く暮らしていたという。

だが、ある年の夏、村は水不足になり、多くの村人が病に倒れて命を落とした。邪神は愛しい妻と子を守るため、ひとの姿を解いて大蛇となり、村に雨を降らせた。

力を使い果たした邪神は、ぼろぼろになって妻と娘のもとを訪《おとの》うた。ひとの姿で村人を騙していたことを謝罪し、おまえたちだけでも幸せに暮らしてほしいと言う邪神を、妻は優しく抱きしめた。

『あなたがひとでなかろうと、この想いに変わりはありません。わたしはあなたを愛しています。愛しいあなた、わたしたちは二世《にせ》の契《ちぎ》りをかわした夫婦なのですから……』

邪神は涙を流して、自分の過去の行いを悔いた。神としての力はすでに失われ、彼にはひとの一生と同じ程度の時間しか残されていなかったが、それでいいと思った。

親子三人は、村人たちと力を合わせて畑を耕し、牛を育て、歌い、笑い、地に足をつけて生き、そして天寿をまっとうしたという。

ひとつだけ、ひとと違ったことがあった。それは、彼らの娘が紅い瞳をしていたことだ。神とひとの血を引く一族は、それからも紅い瞳を持って生まれてきた。

それが、雪紅村の古き言い伝えである。

「──母は、わたしに似ていましたか？」

鈴蘭《すずらん》の歩揺《ほよう》が壊れてしまったあと、元通りに直すことはできないと言われて、天暁が新たに買い求めた赤い大輪の牡丹《ぼたん》の髪飾りをつけて、麗媛が老婆に尋ねた。

「そうさね……、似ているといえば似ているし、似ていないといえば似ていないよ」

問答のような返答に、麗媛は長い睫毛を瞬《しばた》いた。

幼い日、乳母に教わったと思っていた童歌は、母が歌ってくれたものだったに違いない。そうでなければ、紅い瞳の女が住むこの村の童歌を、麗媛が知っているはずがないのだ。

あるいは、紅藍に嫁いですぐのころ、天暁が「呪いなど存在しない」と言ったところで、きっと麗媛は信じられなかっただろう。麗媛に呪いをかけていたのは、真国の宮廷に暮らす者たちだけではなく、麗媛自身だったのだ。

呪われた身であることに甘んじて、真実を知ろうとしなかった。呪いを受け入れることもまた、新たな呪いを生み出すことである。

――けれど、暁さまがこの村を見つけてくださった。そして、この村に伝わる童歌を歌えることが、母の故郷の証になることを今のわたしは知っている。

閉じ込められた公主のままでいたいとは思わない。誰のことも愛さず、誰からも愛されぬ日々に戻るなど、麗媛にはもうできないのだ。

――暁さまが、いてくださる。だからわたしは、前を向いて歩いていかなくてはいけない。

澄んだ瞳を覗き込み、老婆が薄っすらと笑みを浮かべた。

「人生は一度きりだ。お嬢さんは、鈴媛に似ていようといまいと、自分だけの道を歩くしかない。だから、答えはどちらでも同じなんだ。自分の道をお行き。きっと鈴媛はそれを願っているよ」

「……はい」

麗媛の背を、隣に立つ天暁がそっと撫《な》でる。その手は、彼女を慈しむ気持ちがあふれでるほどに優しい。

「でも、私の見たところ、向こう見ずなところは、きっと似ていると思うよ？」

愛にあふれた声で冗談めかして言う天暁に、麗媛は少しだけ頬を膨《ふく》らませる。

「暁、それは……褒めてくださっているんですか？　それとも、からかっていらっしゃるのですか？」

「さあ、どちらだろうね」

意味ありげに笑う夫は、赤銅色の髪を軽く揺らして、麗媛の腰を引き寄せる。

この先に何があろうと、決まっていることがただひとつだけ。

ふたりは互いを愛し、その手を握り、共に生きていく。誰が決めたのではない未来を、自分たちで作っていくのだ。

――もしかしたら、お兄さまとだってわかりあえたかもしれない。だけど、そうならなかった。

麗媛にとって、劉権の思い出は今もまだ苦しいことばかりだが、いつかそれさえも変わる日が来る。きっと、愛するひとの子を産んで、その先のいつか――

「その童歌、鈴媛はとても好きだったよ。ただひとりの男を愛し、その男が迎えに来る日にすべてを捨てる女の歌だ。だが、人生は長い。捨てるばかりでいるには、疲れてしまうほどにね」

老婆はそう言って、紅い目を細めた。

心はいつでも愛にひたむきで、時として間違うこともある。だが、生きてさえいれば、何度でもやり直せる。

「聞かせてくれてありがとうございました」

「また、いつでもおいで。ここは紅い瞳の女の里だ。鈴媛の魂も、きっと帰ってきているよ」

老婆に別れを告げると、天暁と麗媛は寄り添って歩きだす。

「――もし、私が皇子でなくても、あなたは私の妻になってくれたかな。あの童歌の女性のように、婆やを振りきってついてきてくれた？」

風に吹かれてずれた髪飾りを、天暁が直してくれる。

麗媛は、かつての感情を殺していたころには決して見せなかった笑顔で、愛する夫に頷いた。

「あなたの妻になるために、わたしは生まれてきたのですもの。当然です」

「それを聞いて安心したよ。私の愛しい麗媛」

そして、彼は次期紅藍皇帝となり、紅い瞳の皇妃を生涯愛しぬく。

運命的な始まりも、悲劇的な経過も、国の歴史には残らない。ただ、彼らが愛しあったことだけが、後の書物に記された。

幸福な皇子と幸福な花嫁の物語は、永遠に語り継がれる。新たな伝説となって――

あとがき

こんにちは、麻生ミカリです。ガブリエラ文庫では二冊目となる『将軍皇子の溺愛華嫁　紅の褥に牡丹は乱れる』を手にとっていただき、ありがとうございます。

本作では、人生初となる中華風の世界観を書きました。

中華といえば赤い牡丹！　黒髪ヒロインの髪に赤い大輪の牡丹を飾るぜ！　と意気込んでスタートしたものの、序盤、あまりに麗媛が悲惨な境遇すぎて、何度も書きなおす羽目になったのはいい思い出です……。

ヒロインである麗媛は、前述したとおりかなりかわいそうな生い立ちの公主で、書いている間ずっと「絶対この子を幸せにしてやらなければ」という使命感に駆られました。ガブリエラ文庫前作で書いたヒロインが、幸せな家庭で育った元気女子で、放っておいても自力で恋をつかみにいけるタイプだったのに対して、麗媛は天暁がいなかったらずーっと小薇宮で窓から空を見上げていそうな（そしてお兄さまに足蹴にされまくってそうな‼）女の子だったので、作者としてもどうやってこの子を幸せにしてあげられるだろう、と考える日々を過ごしたものです。

　そんな麗媛ですが、天暁と出会って多くの人々とふれあうことで、次第にいろいろな感情を学んでいきます。後半、兵士に立ち向かえるくらい強くなった姿を見て、麗媛の成長ぶりにわたしが驚いたくらいです！

　このお話はもちろん恋愛小説なのですが、優しさも愛情も知らなかった麗媛が人のなかで成長していくことをテーマに書いています。少しずつ成長していく麗媛を、どうぞよろしくお願いします。とはいえ、ほぼ監禁されて育ったため、一歩進んだと思ってもすぐ二歩三歩と後ずさるヒロインでして。えー、気長に見守っていただけるとありがたいです。

　そして、ヒーローの天暁ですが、このひとはなんかもう、麗媛のことがかわいくてかわいくて仕方ないんだろうなという。やはりこの手のジャンルですから、それなりにヒーローはヒロインに手を出していきたいんですよ。昂ぶった慾望のままに、やりたい放題しちゃえばいいじゃん！　みたいに思っている作者に、天暁さまは「私がそんなことをする男だと思っているのか？」なんて、にっこり微笑んでくれるものですから（※脳内イメージです）なかなかことが始まらなくて、やきもきしながら書きました。

　でも、天暁も天暁で苦労人なので、麗媛を慈しむことで彼自身癒やされているのだと思います。それと、紳士ぶってた天暁さまですが、一度抱いたら歯止めがきかないタイプだったこともここに報告させていただきます！

今回、挿絵をアオイ冬子先生にご担当いただきました。表紙を見て、本作をお手にとってくださった方も多いのではないでしょうか？　麗媛が見るからに健気で可憐で、天暁は物腰やわらかそうなイケメン将軍！　いつもながら垂涎の美麗イラストを描いていただき、なんとお礼を申しあげてよいかわかりません！

ちなみに、アオイ先生とお仕事するときにはなぜか脇役に小さくてかわいい子を書くことが多いのですが、今回も例にもれず、無邪気な弟キャラの浩然を楽しく書きました。わたしも浩然と栗拾いに行きたいです。栗はだんぜん渋皮煮が好きです。

アオイ先生、ステキなイラストをありがとうございました！

さてさて、少し近況でも――

この仕事を始めて、今年の六月で丸五年になるのですが、寄る年波のせいなのか、はたまたひきこもり生活を満喫しているせいなのか、体力が低下の一途をたどっております。これではいかんと一念発起し、春前から自宅で筋トレをしております。

最初は腹筋を連続で二十回できなかったのですが、最近では二十五回×四セットをこなせるようになってきて、なんだか筋トレが楽しいです。秋になったらヨガ教室にも通いたいなと目論見中なのですが、出不精は解消できていないため、ちょっと怪しいかもしれません。

最後になりましたが、この本を読んでくださったあなたに最大級の感謝を込めて。

本作は文庫化などをあわせてちょうど三十冊目の自著となります。こうして本をお届けできるのも、読者さまのおかげです。お礼の気持ちを込めて、今後も少しでも楽しんでいただける作品を書いていけるようがんばります！

あとがきまでお付き合いくださり、ほんとうにありがとうございました。

またどこかでお会いできる日を願って。それでは。

鳥待月の土曜の午後に　麻生ミカリ

ガブリエラ文庫

MSG-029

将軍皇子の溺愛華嫁 紅の褥に牡丹は乱れる

2016年6月15日　第1刷発行

著　者　麻生ミカリ　©Mikari Asou 2016

装　画　アオイ冬子

発行人　日向 晶

発　行　株式会社メディアソフト
〒110-0016　東京都台東区台東4-27-5
tel.03-5688-7559 fax.03-5688-3512
http://www.media-soft.biz/

発　売　株式会社三交社
〒110-0016　東京都台東区台東4-20-9　大仙柴田ビル2F
tel.03-5826-4424　fax.03-5826-4425
http://www.sanko-sha.com/

印刷所　中央精版印刷株式会社

麻生ミカリ先生・アオイ冬子先生へのファンレターはこちらへ
〒110-0016　東京都台東区台東4-27-5
(株)メディアソフト ガブリエラ文庫編集部気付 麻生ミカリ先生・アオイ冬子先生宛

ISBN　978-4-87919-334-6　　Printed in JAPAN

銀雪王の狂愛
「忘れられた蜜月」
Novel 小出みき
Illustration DUO BRAND.
おまえは俺のもの
俺だけのものだ
政争に敗れて、離宮でひっそり暮らす王女エレオノーラは、ある日記憶を喪った銀髪の青年を助ける。ダミアンと名付けられた彼は優しく純粋なエレオノーラを慕い、美しく勇猛な彼の愛に彼女もまた想いを返す。「気持ちよくなってるんだ。もっと感じてごらん」愛し愛されて結ばれ祝福された幸せな日々。しかしダミアンは突然、姿を消してしまう。悲しむエレオノーラの元に蛮族ヴァジレウスの王に嫁げという王都からの命令がきて⁉
好評発売中！

Novel 山野辺りり
Illustration ことね壱花
雇われメイドと
眠れない伯爵
幽霊屋敷の恋
眠れと言うなら
一お前が傍にこい
家族のために少しでも給金のよい仕事を求め幽霊屋敷と噂される伯爵家に勤めることになったエリカ。主人のアルバートが不眠で悩んでいると知り、安眠の手助けをすることに。ある時、母の病で実家に一時帰宅していた彼女は、屋敷に戻った途端、様子のおかしいアルバートに抱かれてしまう。「ずっと寒くて仕方なかったのに今はこんなに温かい」愛する人と身体を交えて初めて知る甘い悦び。けれどメイドと伯爵では住む世界が違いすぎて!?
好評発売中！